がん、心臓手術と終活

一級障害者になって

萩原 登

郁朋社

はじめに

私は七十歳までは入院経験もなく、きわめて健康な日々を送っていた。

ところが、七十一歳から六年間で大きな手術を二回、その他、いろいろな病気を体験した。

病院の先生、看護師さん、多くの関係者に助けられ、命を取り留め、年相応とは言えないが、普通に日常生活を送っている。

しかし、手術、入院を繰り返し、断続的に百五十日ほど入院した。

病院のベットでは何もすることもなく、ボーっと、テレビを観たり、スマホを触って過ごしていた。

チコちゃんに「ボーっと生きてんじゃねーよ」と言われそうな毎日だった。

スマホのメモに病院のことや自分のことなど、いろいろなことを音声や文字で入力していた。

退院してから、そのメモに自分の体験、趣味、教育経験と感想や願いを織り交ぜながらまとめたのが本書である。

早期発見、早期治療の大切さを多くの人に知って頂きたいとの思いで恥を忍んで書いた。

また、工業教育について、第七章にまとめて書き、工業教育の制度や内容とその変化などども多くの人に知って頂きたいと願っている。

今後は一級障害者として、終活していかねばならない。「十二指腸がんは症例が少なく、五年以上生存している人は少ない」と言われたり、「今や、五人に一人が認知症になる」と報道されている。

がんの再発や認知症になる前に記録に残しておこうと思い、終活の一環としてパソコンのキーを叩いた。


（カットは妻と孫たち）

がん、心臓手術と終活／目次

第二章　心臓弁膜症の兆候と手術

第三章　心不全入院

第四章　心臓リハビリの五ヶ月間

装丁／宮田 麻希

第一章　十二指腸がん摘出手術とその後

私は第二次大戦中の昭和十七年に生まれ、兼業農家の長男として、小学、中学、高校時代を過ごし、ごく普通の生活を送ってきた。

そして、大学時代は他県で過ごしたが、卒業後は教師として兵庫県の実家から通勤し、工業教育に携わった。

新任で高校の機械科の教師として、赴任した。その学校は、機械科は二クラスで、専門科目の先生は十一人いたが、私の次に若い先生は十二歳上の先生だった。

その為、機械科の先生方からは大変可愛がられ、沢山のことを教えて頂き、いろいろなことを学んだ。

定年後、毎年、一日人間ドックを受診していたが、七十歳までの十年間は「すべての項目で異常なし」であった。

入院の経験もなく、健康そのものであり、ボランティア活動、米作り、野菜作り、趣味のゴルフ、阪神タイガースの応援、ドライブなど、元気に楽しんでいた。

しかし、七十一歳の時に十二指腸がん手術で四十日、七十六歳の時に、心臓弁膜症手術で三十日、心不全で五十日、腎臓病検査で二十日入院した。

現在、七十七歳で喜寿を迎えている。

○人間ドックの結果、検査入院

七十一歳時の一日人間ドックの健診結果報告書に、貧血の数値が高いので、精密検査を受けるようにとの記載があった。

毎年、市の健診も受けていたので、「半年前の市の健診結果がどうだったか」を見てみた。血液検査の項目は一ヶ所だけで貧血を示す項目は空欄であった。

その時、市の健診は全体的に検査項目が少ないことに気づいた。そして、以前の市の検査結果を見ると貧血の数値が記載されていた。

十数年前、マスコミで医療改革の報道が盛んになされたことを思い出し、調べてみると医療機関への国からの補助金が減額されているようであった。この影響で市の健診も簡単になったことが原因であると思った。

以前は心電図なども健診の必修項目であったが、改革後は希望して、有料で受診するオプション項目になっていた。医療改革とは名ばかりで、改悪だと気づかされた。

貧血の要精密検査について、余り気にもせずに妻に見せ、貧血の数値が高いので、「レバーやほうれん草を二日ほど食べてから、市内の個人病院に行くから」と話した。

素人考えで、レバーやほうれん草には鉄分が多く、貧血に効くとの知識が浮かんできたようであった。

二日後に病院に行き、ドックの結果を先生に見せた。「貧血なので消化器関係から出血しているかも知れない。胃カメラで検査しましょう」と言われた。

胃カメラ検査は初めてで、先生が「喉に麻酔をするから」と言って、ベットに横になった。病院のベットに寝転んだ経験は、人間ドック以外では点滴を受けた時以来である。

定年前の夏休みに職場の同僚八名で一泊で六甲山のゴルフ場に行った。帰宅後、身体がガタガタ震え、病院に行くと脱水症状とのことでベットに横たわり、点滴を受けたが、それ以来である。

その時、看護師さんに「前夜からビールを飲み、ゴルフのラウンド中にも茶店でビールを飲み、充分水分を補給した」と言った。

すると「ビールは利尿作用があるので逆効果ですよ」と言われたことを思い出していた。


先生が「それではカメラを入れるから力を抜いて」「胃はきれいだなあ」「もう少し下の十二指腸を見ます」「アッー、これだな」と看護師さんと話し合いながら、「組織を取ります」と言って、三回ほど十二指腸の組織を取り、検査は終了した。

暫く待合室で待っていると、先生に呼ばれた。

「十二指腸に腫瘍がある。検査結果が出るまで一週間かかるが、それまで待つのではなく、私の判断では大きな病院ですぐ検査を受けた方が良いと思う」と言われた。

どこの病院に行くか聞かれた。そして、その病院の先生宛ての紹介状を書いてくれた。

医師の説明を聞き、「がん」だと思い愕然として、頭が真っ白になった。紹介状を受け取り、自宅に帰り、妻に話した。妻も大変驚いてショックを受けていた。すぐ準備して、妻の運転で十五分ほどの道のりの総合病院に向かった。車内ではお互いに「大丈夫だろう」と言い合うのみであった。

受付で紹介状を渡し、検査入院の手続きをして、四人部屋に入った。生まれて初めての入院の為、不安ばかりであった。

昼すぎに入院し、黄疸が出ているので、細いパイプを入れて胆汁の流れをよくする為の処置をするとのことで、処置室に連れていかれた。全身麻酔をかけられていたのか、気がつくと病室にいた。

看護師さんが今後の検査について、いろいろ説明してくれたが、上の空であった。検査をしても「手術は出来ない、余命○ヶ月だよ」などと言われるのではないか、と考えたりしていた。

そんな時、自分の命について、子供の頃のことを思い出していた。

小学校入学直前、野井戸に落ちて死にそうになったことがあった。四歳上の姉と近所の友だち数名で遊びに行って、その帰り皆で手をつないで、野道を後ずさりしながら、綺麗な夕焼けを見て「夕焼け小焼け」の歌を大きな声で歌って帰っていた。私が一番端だった為、道端にあった野井戸に落ちた。

上向きに落ちたのか、井戸の周囲の石垣と空が見えた。そのうち、石や土がゴロゴロと落ちてきて、誰かが降りてきた。

気がつくと自宅前で寒くて、ワンワン泣いている自分がいた。両親や上の姉が家から飛び出してきた。

自分が履いていた草履を一個だけ握りしめているのを見て、母に捨てるように言われた。正に「溺れる者わらをも掴む」だったのだなと後々まで話題になり、両親や二人の姉らから「溺れる者草履を掴むだな」とよく言われた。

もし、姉が泣かなかったり、田んぼにいたおじさんも気がつかなかったら「あの時、私の命はなかった」と思うことがよくある。

○ペット検査と死の恐怖

検査入院は一週間ほどで終わったが、最後に、別の病院でペット検査を受けるように言われた。それを聞き「この病院に見放された」と思った。

指定された日に、その病院に行き、全身がんを調べるペット検査を受けた。

説明があり、造影剤の注射をされて、５００cc入りのペットボトルを渡された。「水はいくら飲んでもよい。トイレに行きたくなったら行ってもよい」と言われ、造影剤が全身に行き渡るまで、ドラマなどでよく観る独房のような狭い小さな部屋の中で椅子に座って、暫く待つよう指示された。

検査が開始され、寝た状態で土管のような円筒形の装置が移動して、その中に三十分ほど入っていた。

途中で休憩があり、広い部屋でテレビが点いていた。三月だったので、プロ野球のオープン戦で阪神タイガースが試合をしていた。阪神ファンの私は興味深く観た。サウスポーの小島が投げていた。

少し緊張から解放された気持ちだった。

その後、検査を再開し終了した。検査技師に「どうでしたか」と聞くと、「私たちには解らない。主治医の先生にデータを送るので、主治医の先生から説明があると思う」と言われ、自宅に帰った。

病院から連絡があるまで心配で気分的にきつかった。しかし、毎年一日人間ドックと市の健診も毎年受診して、過去十年間で要精密検査などもなかったので、がんであってもそんなに進行していることはないだろうと自分に言い聞かせていた。しかし、不安で一杯だった。

「困った時の神頼み」というが、神さんや仏さんに助けてほしいとお願いする気持ちにはならなかった。

神さんは五穀豊穣を願ったり、村や町の発展を願ったり、家内安全をお願いするもので、個人的な病気のことを自分でお願いしてもあまり効果はないだろうとの思いが強い。

また、仏さんは死んだ人への弔いをするもので、生きている個人についてのお願いはあまり叶わないとの思いがある。

だから、神頼みや仏頼みはあまりしようとは思わなかった。しかし、神さんや仏さんを毛嫌いしているわけではない。

初詣や地域の秋祭りにはお詣りし、年末には自宅の神棚に花を供え、毎年配布される氏子へのお札を入れ替え、お詣りしている。

四十歳前後の頃には六年間神社役員をしたり、定年後は神社の山林委員を十年ほどしていた。

また、お寺にも盆や正月や彼岸前にはお供えをして、お墓にもお参りしている。

そして、自宅の仏壇には知人友人が亡くなった時や両親の月命日などに正信偈《しょうしんげ》のお経を三十分ほどあげている。

仏壇の前に座ると両親のことを思い出す。父は九十一歳で老衰の為、急に亡くなった。母は米寿を過ぎた頃から、自宅で妻が介護したり、入院を繰り返し、九十二歳で亡くなった。最後は十日ほど延命装置を付けていた為、私と妻に何か話しかけたが、話せなかったようで、延命装置を付けたことを後悔した。


延命措置で忘れられない思い出がある。

三十五年ほど前、尊敬していた先生が早期退職をして、市会議員に立候補して当選した。その後、市会議員として、市民の為に立派に活動されていたが、病気になり入院した。一年先輩の先生と見舞に行き、朝まで看病したことがある。

その時、古い延命装置を付けていた為「ズーガチャ、ズーガチャ」と大きな音を聞いていたことが脳裏をよぎって、不安な気持ちになっていた。

また、一歳年上の近所の幼なじみで、小さい頃から運動神経抜群の元気な人が、食道がんを患い、手遅れの為、手術が出来ず、抗がん剤治療でがんを小さくしてから、手術をするとのことであったが、見舞いに行った時、点滴をしていたが「トイレに行くのもしんどい」と言っていた。入院してから数ヶ月後に亡くなってしまった。

十数年ほど前には元同僚で大学の後輩が膵臓がんになり、東京の病院に行ったりして抗がん剤治療をしていた。治療期間中にも何回か話をしていたが、治療し始めて二年ほどで亡くなった。

更に、先輩で全県の組合役員をしていた元同僚の先生を見舞に行き「元気になって一緒に飲みましょう」と病室で硬く握手したが、その先生も手術が出来ず、二ヶ月後に亡くなった。

このように、あまりにも沢山の身近な人たちが手術が出来ず、亡くなったことを思い出し、ますます不安な気持ちでいっぱいになり、ネガティブなことばかり考えていた。

○主治医の検査結果説明

そんな不安な気持ちが強い中で、いよいよ主治医の先生の説明の日が来た。

妻と息子と三人で説明を聞く為、小部屋に案内された。そこにはテーブルの上にモニターがあり、人間の身体が写し出されていた。

チラッと目に入り、赤い部分が三ヶ所あった。一瞬、血の気が引いた。「がんが三ヶ所もあり、手術は出来ない」と思った。

暫くして、主治医の先生が静かな口調で説明し始めた。

頭は細胞の働きが活発なので赤くなっている。下の膀胱部分は検査前に水をよく飲んだので活動が活発になっているので赤い。

「問題は真ん中の部分で十二指腸にがんが出来ている。が

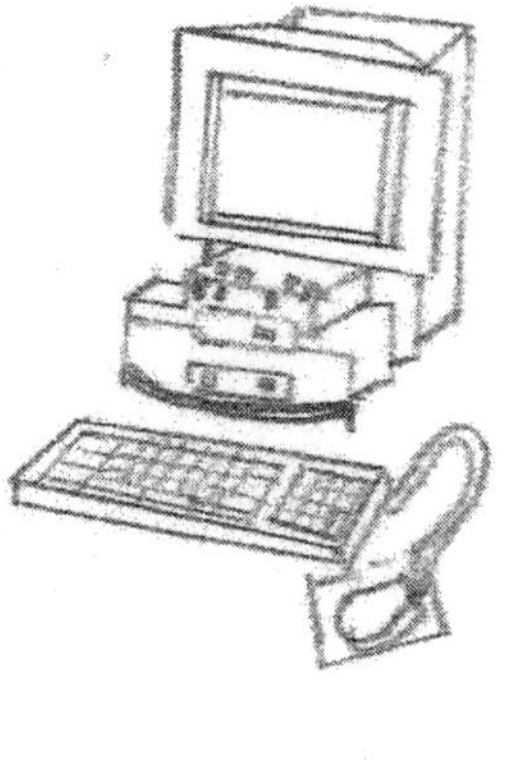

んは細胞の働きが活発なので赤くなる」との説明があった。

　がんのステージは五段階あり0、1、2、3、4で、ステージ3であると告げられた。自覚症状もないのに、ステージ3に驚いた。

　私は「手術は出来るのですか」と恐る恐る聞いた。先生は「十二指腸のがんは症例が少ない。しかし、手術は出来るよ」との返事を聞き、それまでの緊張が解けた。

　十二指腸と胆嚢《たんのう》を全部摘出する。十二指腸は膵臓とくっついて切り離せないので、膵臓も一部切除し、胃も一部を切り取る。

　そして、「腸と胃、腸と胆管、腸と膵管を繋ぐ」とのことで、膵管が大変細いので、繋ぐために時間がかかるとの説明があった。

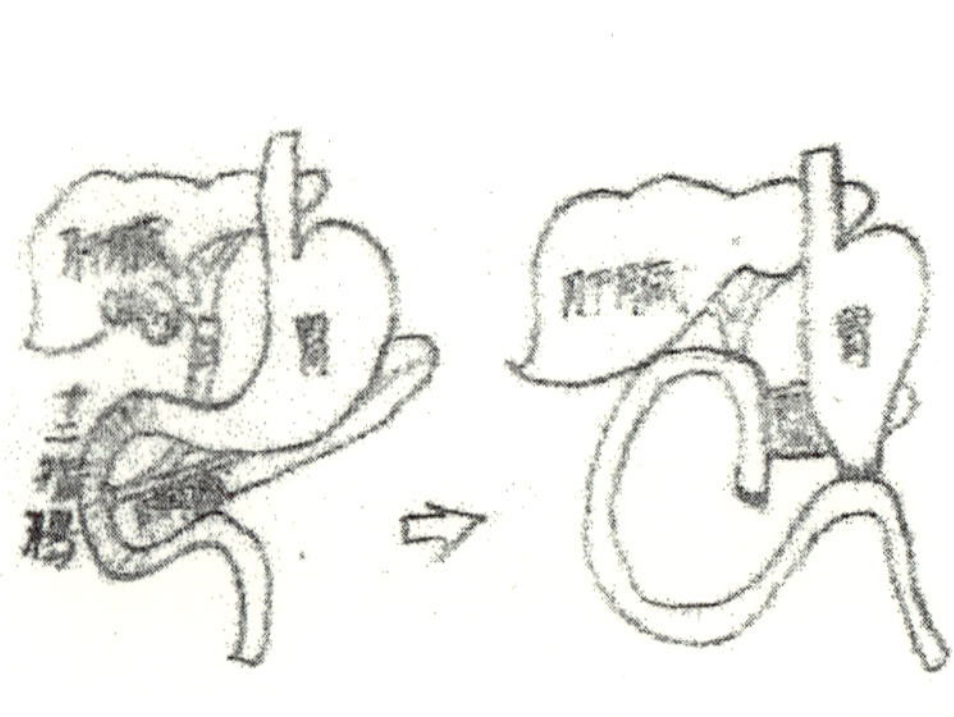

　手術時間は八時間くらいかかるだろうとのことだった。その後、入院の手続きを看護師さんから聞き、帰った。
　手術の怖さなど全くなかった。手術が出来れば命が長らえると思い、むしろ嬉しい気持ちであった。
　入院の当日、準備して病室に入った。数日後に手術があるが「まな板の上の鯉」の心境で、自分なりに落ち着いていた。しかし、まだ死への恐怖が頭をよぎったりしていた。

○担任の生徒の死の酷さ

そんな時、教師になって初めて担任した生徒の死を思い出していた。

生徒たちは三年生になっていたが、放課後、バイクに二人乗りして、道路沿いの門柱に激突し病院に搬送された。学校で、その知らせを聞き、病院に急行した。

二人とも頭を強打し意識不明の重症であった。二人とも頭蓋底骨折で頭に包帯が巻かれていたが、うち一人の病状はだんだん悪くなっていった。

駆けつけた両親と病室に入っていたが、時間が経つに従って、腫れで包帯がくい込んでいき、時々、血を吐いていた。

それを見て私は経験したことのないほど頭がふらふらして、血の気が引き、気分が悪くなった。やっと、待合室まで行くと「顔が真っ青だ」と見舞に来ていた生徒たちに言われた。

暫くして落ち着くと、また、病室に行ったが、二人とも意識は回復せず、一人はますます悪くなり、深夜に血を吐きながら、息を引き取った。

秋も深まり寒くなっていた深夜、病院の車で彼の家まで連れていったが、両親も私も涙が止まらなかった。明け方に自宅に帰ったが眠れなかった。

当時、高校生も十八歳になれば運転免許が取得出来、運転することも認められていた。だから、多くの高校生が事故を起こし、死亡する生徒も珍しくなかった。

暫くして、高校生の免許取得、運転も禁止になった。しかし、違反して事故を起こしたり、死亡する生徒もいた。

その後、私は何度も担任したが、この経験をリアルに話し、担任した生徒が無免許で事故を起こしたことはなかった。

しかし、今でも彼の死に対する悲しみと悔しさは強烈に心に残っている。

○手術、集中治療室

いよいよ手術の日になり、手術服、手術用靴下、手術用ふんどしなどの準備をして手術室に入った。手術台に乗ると看護師さんが「麻酔の注射を背中にします」と言う声を最後に何も解らなくなった。

気が付くと真夜中で、身体が動かず「窮屈で苦しい」と言うと、看護師さんが「大丈夫ですよ、痛いね、ごめんね、ごめんね」と何回も言ってくれた。「看護師さんは優しいな」「あなたに謝ってもらわなくてもいいよ」「朝までずっと看てくれるのか」と聞くと「そうですよ」と言うので、安心して深い眠りに入った。

看護師さんは何でもテキパキと処理したり、処置することは大切である。同時に、患者の気持ちを理解して、「患者の心に寄り添うこと」の重要性を痛感した。

看護師さんが「ごめんね」「ごめんね」と話しかけ、手を優しく握ったり、身体を軽く摩ってくれたことが今までも心に残っている。

苦しんでいる人、困っている人、悲しんでいる人や子供の教育などでも「頑張れ、頑張れ」「辛抱しなさい」などと言うだけでなく「困っている人や苦しんでいる人、悲しんでいる人の

気持ちに、寄り添うということはどういうことか」を考えさせられた思いだった。

人間相手の仕事は自分の心、精神状態を安定させることが大切であり、人員削減などで忙しくなり、イライラして精神状態が悪くなると「寄り添うことは出来ないだろう」と今更のように思う。


目が覚めた時には朝になっていた。そこは集中治療室で身体には酸素用、排尿用、点滴用、腹には繋いだところから出てくる液を観察する為の管が三ヶ所など合計七本ほどの管が付けられていた。

○一般病棟へ

午後に一般病棟の個室に移動した。痛みやしんどさは少し緩和されていた。テレビも見られるようにもなっていた。数日後から管が一本ずつ減っていった。

主治医の先生が朝と夕方に部屋まで来てくれて「どうですか」と声を掛けてくれる優し

く穏やかな先生なので、私の精神状態は安定していた。

一週間ほどで腹の管も三本になったが、その中の一本の差し込まれている部分が痛むようになった。看護師さんに言うと袋を腹に載せてくれた。それは小豆入りの温めた袋であった。すると、痛みが和らいだ。

夜中に痛みが酷くなった時には、テレビを見て気を紛らわしていた。特に痛みが酷いときは、痛み止めの点滴をしてもらったりした。ただし、この点滴は何回もすることは出来ないとのことであった。

○看護師の病室内検診

看護師さんによる室内検診が一日四回ある。ある看護師さんから「検査入院の時の萩原さんを知っているが、表情や態度が全然違う。検査入院の時は何も喋らなかったが、今はよく喋る」と言われた。

「今は手術が終わって、命が長らえた気がしている。検査入院の時は検査結果で手術不可能ではないかと不安でいっぱいだった」「また、四人部屋で他の人に迷惑を掛けられないからとの気持ちがあった」と応えた。「これからは明るい気持ちで看護師さんに接しよう」と思いベッドに横たわり、血圧、脈拍、体温、酸素量などを測定し、体調についてもいろいろ聞かれた。

ベットの中で、小学校四年の時、怪我をしたことを思い出していた。
自宅近くに農業用の水を貯めている貯水所があった。大きさは縦横とも十メートル、深さ五メートルあり、その水を汲み上げて田んぼに送水していたが非常用でほとんど使用されていなかった。
だから、夏休みには近所の友だちと毎日泳いだり、周辺で遊んだりしていた。ある日、私が飛びんだところ、石垣にぶつかり、頭から血が噴き出してきた。自宅に帰ると母と姉がビックリして、姉が自転車で近くの診療所に連れていってくれた。先生と看護師さんがいて処置してもらった。

しかし、麻酔もせずに看護師さんと姉が私の身体を押さえて、三針ほど縫ってくれたが、痛くて痛くて泣きまくっていた。その時の痛さは今でも脳裏に刻まれている。

五年生の時にも怪我をした。

自宅の横で遊んでいる時、通りかかった自転車にぶつかり、頭から血が出て、この時は診療所でなく、少し離れた市内の個人病院に連れていってくれた。

今度は麻酔をかけて三針縫ったが、全く痛くなかった。麻酔を使用せず処置した診療所とは雲泥の差であった。

しかし、怪我をした箇所が頭の横の為、普通に寝ていると無意識に寝反りを打つかも知れないとのことで、五日ほど座ったままで寝たことを思い出していた。

年寄りや子供が気軽に行ける病院として、機能していた各地域の診療所が、いつの頃からか、なくなってしまい残念に思う。


手術から、数日経ったことで、見舞に来てくれた人と話をして、気が紛れることも多くなったが、管が腹に触れて痛く、特に、夜には痛さが酷く感じられた。

抜糸は数日後に病室で主治医の先生がしてくれた。糸をハサミで切り、主治医の先生が私の気をそらせるようなことを言って、少しずつ抜いた。そして、抜くたびに痛みがあり「アッ」と声が出た。五回ほどで終了した。

その後、食事が出るようになった。最初は水のようなおかゆから少しずつ進んで普通のおかゆになった。管が抜けた為、随分楽になり、退院が近づいてきたと実感した。

○退院数日前

退院の数日前、院長先生が突然、各部屋を巡回してきた。そして、「何か要望があれば聞かせて欲しい」と言われた。私は驚いたが、入院中に感じたことを三点言わせて頂いた。

その一つは、看護師さんが、体温、血圧、脈拍、酸素量、便の有無などのデータを用紙に記録して、看護師詰め所のパソコンに打ち込んでいた。

だから、「看護師さんが病室までパソコンを持ち込み、各患者のデータを直接打ち込めば、二度手間にならない」、その為にパソコンを増設すればよいと思う。

二つ目は、今回の手術の為の検査入院でペット検査だけは装置がないので、別の病院で受けるように指示された。その時「この病院に見放されて、別の病院に送られるのではないか」との不安に駆られた。ペット検査の装置を早急に導入して欲しい。

三つ目は、最近、優秀な医師や看護師が私立の病院に引き抜かれているとの噂を耳にする。公立なので待遇面で限界があるだろうと思う。しかし、待遇改善などを市、県、国に要求し、充実した人材の確保をお願いしたい。

勿論、これは一病院で解決出来ないと思う。市民、国民も公的医療機関の充実を目指して多くの人が意見を言ったり、行動することも大事であるが、病院としても頑張って頂きたい。

以上の三つをお願いしますと言った。院長先生は「解りました。頑張ります。有難うございます」と丁寧に答えて同行の人たちと退出していった。

それから数日後に退院の日を迎えた。季節も四月末の好季節であり、気分も爽快だった。

○退院直後

退院後、すぐ、しなければならないことがあった。地域でのボランティアの役を免除してもらう為のお願いである。

自治会長、神社総代に「手術後の為、役員としての任務を果たせないので、辞退したい」との文書を作成して、直接、それぞれの責任者の自宅を訪問し、自分の手術のことを話して、文書を手渡すことだった。

また、農業用のため池の責任者には「今後、稲作りをしないし、出来ないので池の水利権を放棄する」との文章を渡した。このことでは、妻や息子とも話し合い、水利権の放棄を決断した。

昔から、兼業農家で稲作りをしてきた。しかし、水利権を保有していると担任者という役が順番で回ってくる。

最近、耕作者が減少したり、地域に住んで稲作りをする人が減少し、担任者と呼ばれる役員の順番が早くなり、数年ごとに回ってきて、定年直前からの十数年で四年間も、担任者という役をした。

担任者になると田植え時期には、水利権者全員による一斉溝掃除、自分の田周辺の草刈り、依頼した数名の人と担任者の五人か六人で、大きな水路の整備と堰板の設置、ポンプの据え付け、稲耕作者からの水利費の集金、田んぼに関する耕作者への連絡などの沢山の仕事がある。

更に、田植え終了後から九月上旬までの三ヶ月間、担任者と数名で稲耕作田に池の水を入れる仕事をしなければならない。

これは早朝五時に池の水を落とし、稲を植えているすべての田に水を入れて終了するのは昼頃になり、真夏の暑い日もしなければならない重労働の仕事である。

時には、水路でマムシを捕ることもあった。マムシは牙の細い穴から猛毒の液体を出す。嚙まれるとすぐに、病院に行き一週間入院を余儀なくされる。

マムシを捕った時には皮をむき、竹を割って挟んで持って帰って、陰干しにしていた。

子供の頃、近所の友だちと小遣いを持って、自転車で祭りが行われている町の中心地に行き、「マムシに嚙まれた時に付けると治る」と薬売りの人が言うので、両親も喜ぶだろ

う と思い、小遣いで薬を買って帰った。ところが「そんな薬はない。騙されたんだ」と両親に言われた。

映画に出てくる寅さんの如く、滑らかな口調で話し、実演でマムシに指をかませており、本当によく効くんだと思って、小遣いをはたいて買って帰った。だから、騙されたことが悔しくて、いつまでも忘れられない思い出である。

ため池の水利権を放棄すると自分の稲作りは出来ないが、畑としての使用価値は残っており、田んぼの耕運と草刈りをして管理するだけになるので、気分的には大変楽になった。

○退院後の通院

退院後は毎日指定された薬を服用し、六週間毎に通院し、採血、検尿をして主治医の先生の診察を受け、年に数回、ＣＴや胃カメラを受診した。

経過は良好であったが、錠剤の抗がん剤を飲んでいた為に身体がだるく爪が黒ずんだりしていた。肉を食べた時などに、下痢になることもあった。

しかし、散歩、軽い畑仕事、近距離のドライブなどが出来るようになってきた。ただし、夏の時期は気を付けて日常生活をしていた。

秋になった頃からは念願のゴルフにも行けるようになり、月に数回のラウンドを楽しめるようになった。

○退院七ヶ月後、大学後輩宅訪問

退院七ヶ月後の十一月中旬、奈良県に住む大学の一年後輩の家まで妻と車で出かけていった。

彼とは大学の学生寮で同部屋になり、大変真面目な後輩であった。一般教養で一緒に受講している授業の代返を頼んだり、卒業後に私の家庭教師の後を依頼したりした。

私が五十歳頃、突然、私が住む市内のホテルに奥さんと来ているとの電話があり、市内の名所を案内し、自宅に来てもらったりしていた。

その後、彼は小学校の校長になり、定年になる最終年度の研究会が終わった日、校長室で教頭と話をしている時に突然倒れ、救急車で病院に運ばれたとのことであった。そして、歩行や言語に後遺症が残った。

私が入院する直前に、私の隣の岡山県に住んでいる大学の同級生の家に行くので、その途中に会いたいとの電話があった。

しかし、がん摘出の手術をする直前であることを話し、元気になれば会おうと返事していた。

二十数年ぶりに会ったが、彼は左手の筆談で対応するという状態であったが、お互いに、感激するばかりだった。

その日は橿原市のホテルに泊まり、橿原神宮、明日香村、長谷寺、室生寺を見学した。紅葉が綺麗な時期だった。

元気で来れたことや命が長らえたことを実感し、気分も爽快で、より一層の元気をもらい帰宅した。

その後、彼は絵手紙を左手で書いて、仲間と展示したり、最近、北海道まで行ってきたと奥さんに電話で聞いた。

サポート体制があり、飛行機で行ってきたとのことである。障害者と健常者の共生社会が叫ばれている中、その話を聞き、嬉しい気持ちになった。

○退院八ヶ月後、義兄の死

私は三人兄弟で、私と上の姉とは十歳離れており、その夫とは十数歳離れ、実弟のようにかわいがられた。

私の精神的支柱であり、教師になってからも、いろいろなことを教えてもらい、農繁期には手伝いに来てもらい、盆正月や長期の休みなどには車二台でいろいろな所へ行っていた。家族同然のつきあいであった。

その義兄の死は一ヶ月ほど前から覚悟していたが、亡くなった時は大変ショックであった。

義兄は中学校、姉は小学校の教師で、私が高校生の時から進路について、アドバイスを受け、大学在学中にも相談にのってもらっていた。

高校時代は受験中心で楽しい思い出は少ないが、運動会の昼食時間に実施された仮装行列は思い出に残っている。担任の先生が三年間同じで、仮装には大変熱心に指導してくれた。

一年生では原始時代の服装を藁やシュロで作り、それを身につけて「原始時代は原子爆弾はなかった」との看板を掲げて運動場を一周した。成績は五位だったと思う。

二年生では熊を作り、熊の中に入り、私は後ろ足になった。他のクラスメイトはアイヌの服を紙で作り、それを着て「アイヌ人を保護しよう」というプラカードを持って運動場を一周した。成績は優勝であった。

三年生では紙で侍の服装を作り、お殿様が乗る籠を作り、大名行列をした。

直訴の文は先生のニックネームを入れて作り、本部前に来た時に行列を止めて、農民が直訴文を読み上げた。これも優勝で、二年連続の優勝だった。卒業後、担任の先生の思いや主張に気づかされた。

教師になって、自分が担任するようになり、高校時代の経験を生徒たちに話し、仮装行列や文化祭の劇では「アピール、アイディア、ユーモア」が大事だと指導し、生徒と一緒に劇に出演したことも楽しい思い出である。

大学時代の思い出もいろいろあり、楽しいことがいっぱいだった。学生寮に入ったが、全国各地からの学生で、方言もおもしろく、アルバイトも出来るし、大学での講義も高校の時と全く違い、楽しく講義を受けていた。単位取得や受講科目も自分で決めて受講出来た。寮生活もいろいろな友人と楽しんでいた。しかし、二回生の後期には大学生活を謳歌し過ぎた為に単位を沢山落とし気分的に落ち込んでいた。

そんな中で、大学三回生になった時、ある教授との出会いは忘れられない。その教授は私に「工業教員免許を取得して、工業高校の機械科の教師になること」を勧めてくれた。そして、専門科目が多くなる三回生と四回生の授業で熱心に指導してくれた。

その教授は日本の高度経済成長時代が始まった頃であり、工業教育の必要性を認識されていたと思われる。

一般大学の工学部と違い教育系の大学は学生数も少なく、施設や設備面では貧弱で、実技の授業の内容は不十分だった。

その中で印象的なことは、電気溶接の実技の授業で、接合部分が見えにくいので溶接用の面を外して暫くの間、溶接した。

その日の夜、目がコロコロして今まで経験したことのない痛みを感じ、先輩に話すと「病院へ行こう」と病院に行ったが、深夜で病院は閉まっていた。今のように救急でという制度もなかった。仕方なく寮に戻り、タオルを濡らし目を朝まで冷やした。翌朝になって痛みが治った。

また、卒業論文はエンジンの設計製図であった。製図に時間がかかり提出期限の最終日にやっと完成し、一月中旬にストーブを付けた部屋で発表し、ほっとしたことも強く印象に残っている。

○手術後二年経過、沖縄旅行

がん手術後、二年が経過していた。

相変わらず、六週間毎に通院し、主治医の先生の診察を受けて、異常は認められないとのことで、その後も指定された薬を服用し、大きな変化もなく、日常生活を送っていた。

その年の夏、息子家族、娘家族、私たち夫婦の十二人で沖縄旅行に行った。

レンタカーを借りて移動し、美《ちゆ》ら海水族館、嘉手納《かでな》基地、古宇利《こうり》島での水泳、首里城、ひめゆりの塔、糸満などに行った。

水族館は規模の大きさに驚き、ジンベイザメを目の当たりにして、孫たちも感動し、熱心にスタッフに質問をしていた。また、エメラルド色の綺麗な海で孫たちは半日遊び回っていた。

そんな中でも、ひめゆりの塔は絶対に行きたいところであった。戦争の悲惨さを痛感し、戦争を絶対してはならないことは言うまでもないことだが、日本があらゆる戦争に加担してはならないと改めて感じさせられた。

ここで全員の写真を撮りたいと旅行前から思っていたので、その目的を果たせてほっとした。

また、糸満の平和祈念公園も毎年夏に式典がテレビで放映されており、印象深かった。

今回も嘉手納基地を見たが、四十五年ほど前は殆ど観光化されていなかったが、今回は大きく変化していた。

基地周辺が開けて、いろいろな店が出来、近くの食堂で昼食をしながら、その二階から基地が見えた。

基地の大きさは変わりないが、基地の内部を見渡すことが出来るようになっていて、中の様子も軍用機が時々離発着している程度であった。

四十五年ほど前に見た時とは異なっていた。


昭和四十年代後半、機械科の先生八人ほどで沖縄に行った。その中には、地元の大企業で職長になり、定年後に実習助手になった先生二名も一緒だった。

その先生たちは卓越した技術を生徒に教え、技術を伝授し、重要な役割を果たしていた。

ホテル近くに「肉食べ放題」との看板が目について、全員で食べに行ったが硬くて食べられず、騙された思いでホテルに帰った。

また、ある日の半日は別行動をして、私たち四人ほどは綺麗な海で思いっきり泳ぎまくったのが印象に残っている。

しかし、第二次大戦終戦間近には女学生が米兵に追われ、自らの命を絶ったのもこの綺麗な海であったのかと思うと複雑な気持ちであった。

その間に年配の先生は土産を買っていた。そのうちの一人が「今後、何回も旅行に行くこともないので、孫に配るのだ」と言って沢山高価な珊瑚の土産を買っていたのが印象に残っている。

また、米兵に見つかるのではないかと心配しながら、皆で中をのぞき、バカでかい嘉手納基地を金網越しに見た。そして、飛行機の離発着を見て、その訓練のすごさに驚き、怖さを感じた。

当時は日本に返還されて、数年後だったので、実際はまだ占領されていると強く思った。そして、基地の返還まではまだまだほど遠いと感じさせられた。

最近、北朝鮮の脅威が薄れ、沖縄に基地を置く理由もなくなっている中、今度は中国の脅威を誇大に宣伝し、沖縄に基地が必要だとの理由にしようとの主張が透けて見える気がしてならない。

新たに辺野古に基地を作り、永久に沖縄に米軍の基地を置こうとしている。

知事選で示された民意を尊重して、政府が「アメリカに沖縄の民意を伝え」辺野古の基地建設の中止や基地返還を要求することを声高に言いたい。

○手術後三年経過、抗がん剤中止、腸閉塞入院

手術から三年が経ち、抗がん剤の服用を中止した。その為、身体のだるさが解消され、食べ過ぎたり、肉を沢山食べなければ便秘や下痢を繰り返すことは殆どなくなった。

しかし、正月にご馳走を食べ、好きな雑煮を食べ、寒い為散歩もせずにゴロゴロしていた。

そんな中で便秘で腹がつかえるようになり、段々痛みが出てきた。腹ばいになり、背中を押したりしてもらったが、いっこうに治る気配もなく、ますます痛くなっていった。

辛抱出来ず病院に電話して消化器外科の受付に着くと同時に戻してしまった。その周辺を汚し、大変迷惑をかけてしまったが、痛みは緩和した。

しかし、「腸閉塞を起こしているようなので、入院した方がよい」と主治医の先生に言われ入院した。

すぐに、点滴が始まり「消化器系を手術した人は腸閉塞になりやすい。萩原さんは一度もならなかったかな」と言われ「一度もなかった」と応えた。

正月明けで、四人部屋だが一人だけであった。そして、朝日がさし込む東に窓がある部屋だった。

朝日を見ながら、スマホのユーチューブでラジオ体操の音楽を流し、ラジオ体操やスクワットをして「便が出なければ、また、切腹だ」との思いで必死だった。

三日ほどで、やっと便が出て退院した。それからは食べ過ぎないようにして、適度な運動で腸の働きを良くしなければと思い気をつけている。

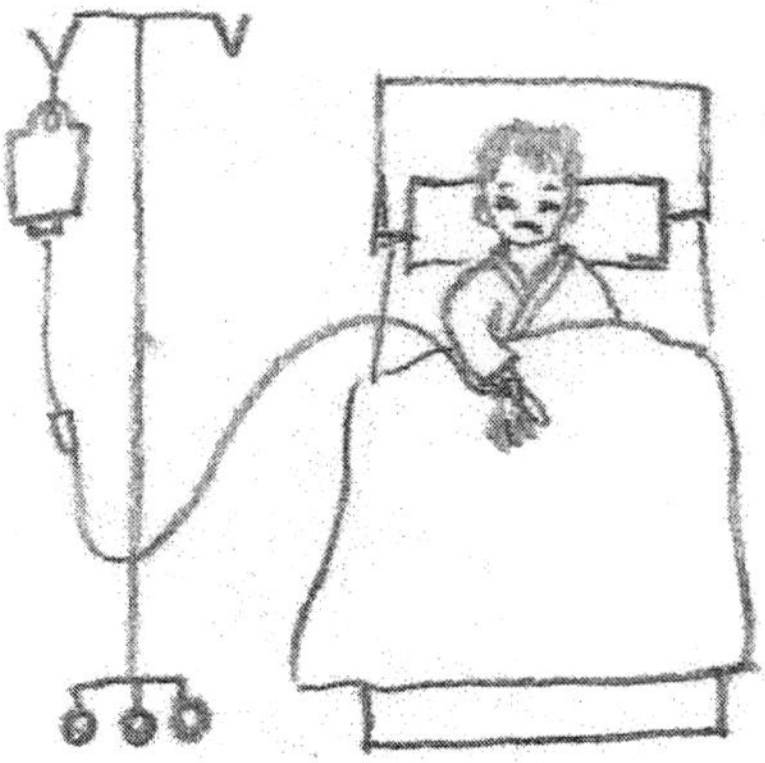

第二章　心臓弁膜症の兆候と手術

○定期健康診断

五十五歳頃、職場の一斉健康診断で、要精密検査が一度だけあった。しかし、「日常生活には異常ない。ただし、今後、禁煙した方がよい」との結果だった。

その頃、田植えが間近だったので、自分の田の周辺の溝を掃除して、途中に休憩した時、タバコを吸ったが、今まで余り経験したことがない胸の苦しさを感じた。

同じ頃、尊敬し、世話になった先輩の先生が肺がんで亡くなり、大変ショックを受けた。その先生はヘビースモーカーで、タバコとコーヒーが大好きだった。自分の近い将来を見る思いがした。

精密検査の受診、胸の苦しみ、尊敬する先生の死などにより、ヘビースモーカーであったが、一大決心をして禁煙した。

それ以後、宴会などで少し吸ったことはあるが、日常的にはタバコを吸うことはなかった。

○心臓病の兆候

ゴルフに行っても坂道で息が上がるようになり、カート道方向にボールを打ち、出来るだけ歩く距離を短くしたりしていた。

妻と買い物に行っても「なんでそんな早く歩くのか」「普通よりゆっくり歩いているよ」などと会話したりすることが多くなっていた。

毎年、冬になると自宅の裏山の木の伐採作業をしているが、年々その作業がしんどさを増し、息切れするようになった。

また、駅の階段や坂道を上がる時も息切れがだんだん酷くなった。

○カテーテル検査入院

心臓弁膜症の手術の約一年前に循環器の医者に診てもらった。すると「一度、検査入院して調べたら」と言われて、三日間検査入院した。

採血、検尿、心電図、心エコー検査、ＣＴ検査、カテーテル検査などをした。

心エコー検査（心臓超音波検査）は心臓が正常に働いているかどうかを調べる検査である。検査用ベッドで身体の左を下にして横になり、胸に検査用ゼリーを塗って、時々息を吸ったり吐いたり、軽く息を止めたりする。身体を横に一時間ほどじなければならないことが大変しんどい検査である。

カテーテル検査は左手に局所麻酔をして、動脈よりカテーテル（直径一ミリ程の細い管）を挿入し、心臓の血管を造影する約三十分間ほどの検査である。

また、この検査入院期間に栄養指導などもあった。

○深夜テレビ、登山の思い出

検査入院でいろいろな検査をしたが、特に、痛いところもなく、病室では退屈な日々であった。期間中、病室でテレビを見ることが多かった。

深夜に北アルプスが放映されていた。それを見ながら登山部顧問をしていた頃の夏山合宿を思い出していた。

初めての夏山合宿に対して、当時の校長は「三千メートル級の山は危険であるので、許可出来ない」と言って認めてくれなかった。

校務運営委員会や職員会議で「多くの高校生や大学生が夏山合宿をしている、有名な山は標識なども整備されて、危険ではない」と登山部の顧問として、いろいろ説明し、やっと許可された。

最初の夏山合宿は立山から五色ヶ原を経て、薬師岳までの縦走であった。夏山のすばらしさを生徒と共に満喫した。

そんなことを思いながら寝ていたのか、気がつくと病院のベットで朝を迎えていた。

翌日も、深夜に立山や槍ヶ岳などが放映されていた。

私は二十歳代後半から三十後半の十数年、登山部の顧問をしていた。その間、夏休みには合宿として一週間立山連峰、後立山連峰、四国の石鎚山など登山部の生徒引率として同行していた。

思い出も多く、十数年間夏合宿に行けたことを感謝している。特に、一緒に顧問をしていた先輩の先生には世話になりっぱなしであった。

その先生は大学の時から山岳部で鍛えており、計画は殆どその先生が考え実行し、私は付いていくだけで良かった。

今、振り返ると大きな事故はなかったが、何度か怖い目に遭っていた。

剱沢のテント場で台風の接近にもかかわらず、テントの中が水浸しでテントが吹き飛ばされそうになっても避難せず、生徒に支柱を交替で持たせ、テント内に溝を掘らせていた。

また、笠ケ岳頂上近くのテント場で雷に遭遇したが、避難することなく、朝までいたこともあった。

そして、薬師沢で昼間行動中に雷に会い、大きな木の下に避難させたりしたこともあった。

また、水を飲み過ぎるとバテると言ってポリタンクの水を少しずつしか飲んではいけないと指導していた。当時、殆どの運動部は水分を制限する指導がなされていた。

その頃、大阪から信州や富山まで夜行列車で行き、バスで登山口まで行くのが定番であった。眠れない状態で早朝から登りはじめる。だから、高山病になりやすかった。

ある年、針ノ木から鹿島槍を経て白馬岳の縦走で種池もしくは冷池あたりで、一人の生徒が高山病になり、顧問の一人が連れて帰宅したこともあった。

また、涸沢から穂高連峰を縦走し最後に岳沢に行ったが、下山後間もなく、岳沢のテント場に熊が出たと聞き驚いたこともあった。

登山部OBの大学生が四年間参加してくれ、大変助かった。彼は大学卒業後、他県で高校の理科の教師になっていた。

エピソードもいろいろあった。槍ヶ岳近くのトイレに入ると「急ぐとも心静かに壺の中、吉野桜も散れば見苦し」とあり、下からは風が吹き上げ、ティッシュで尻を拭き、捨てても風で舞い戻ってきたのには驚いた。

下ネタの話をもう一つ。どこか場所が思い出せないが、早朝、トイレが混雑していたので「スコップを持ってキジを打ってくる」と言って、クマザサが沢山生えている中で少し穴を掘り、急いで大きいやつをしたら、クマザサにあたり跳ね返り、往生したこともあった。

その他、テント内で生徒とバカ話をしたことも楽しい思い出として残っている。

合宿の実施時期は七月下旬から八月上旬に行っていた。その期間は天候が安定しており、雷の発生も少なかった。また、行動は早朝から開始して、テント場には早く着くようにしていた。

当時はインスタント物が少なく、夕食は調理用の材料を持っていき、コッフェル、ラジュースで煮炊きして食事を作っていたので、終了までは時間がかかっていた。テント場到着後は天気図を書いたり、翌日の行動について話したりしていた。

北アルプスでの経験をまとめると「雷、台風、高山病に注意し、水分の補給をする。そして、引率者の人数を確保し、行動は出来るだけ早くし、テント場には早めに到着する」などある。こんなことを思い出しているうちに、また、朝になっていた。

その後、深夜テレビで山の放映時には三千メートル級の山のすばらしさを妻や息子や娘に体験させたいと思い、四人で立山へ登ったことを思い出していた。

長野県の扇沢の駐車場に車を止め、トロリーバスに乗り、黒部ダムの堰堤を歩き、ロープウェイとトロリーバスで室堂まで行き、残雪を見ながら徒歩で立山の頂上まで登り、三千メートル級の山を満喫した。

○カテーテル検査結果

検査の結果、大動脈弁閉鎖不全症で中程度と僧帽弁閉鎖不全症で中程度の連合性弁膜症と診断された。弁が完全に閉じない為に血液が逆流しているとのことであった。

年と共にだんだん悪くなるので、元気な間に手術した方が良いと言われた。

その頃、心臓の働きを表すＢＮＰの数値は４６９。四月は３３９。七月は３８３であった。

ＢＮＰの基準値は18未満であり、40から１００は要観察、１００から２００は要精密・要治療、２００から５００は専門医による治療が必要。５００以上は厳重な治療が必要である。

一般的に「BNPが200以上になると息切れがする。400を超えると突然死の危険がある」と言われている。

○手術前のドライブ

元気なうちに妻とドライブ旅行をしようということで、新車から十七年乗っているクラウンで飛騨高山、合掌づくり、金沢城の見学と一泊ドライブ旅行に出かけた。

五十年前、車好きの機械科の教師五人で合掌づくりを見学に行ったことがある。

その頃は、車の免許を取得している人が殆どいないし、まして車を持っている人は少ない時代であった。

機械科の先輩の先生二人が共同でトヨタのコロナを購入

していた。道路状況も悪く、舗装されている道も少なかった。

名神高速道路だけは出来ていたが、白川郷までの道は酷い状態であった。

そして、私だけでなく、みんな「運転することが楽しくて仕方ない」と思う時代であった。

白川郷も観光化されていなくて、素朴な感じの合掌づくりの集落であった。一緒に行った先輩の先生はみんな死んでしまって、寂しい限りである。


五十年前とは道路状況も雲泥の差で、山陽高速、名神高速、北陸自道車道を利用して行った。殆ど高速道路で行くことが出来るようになっていた。

車のナビは古いので役に立たず、高速道路以外の所はスマホのナビを使った。宿舎は飛騨高山だったので、高山を見学し、翌日、合掌づくりに五十年ぶりに行った。観光バスも数台駐車しており、随分観光地化された。

その後、金沢城へ行った。兼六園には行ったことはあるが、金沢城は一度も行ったことはなかった。


現職で進路指導部長の頃、同僚三人で金沢工業大学を訪問したことがあった。

目的は工業高校生の推薦枠を頂く為に直接、大学にお願いをすること及び物づくりでユニークな授業をしているとのことで、それを見学させて頂く為の出張だった。

その時も兼六園に寄ったが、金沢城へは行かなかった。

だから、今回は是非、金沢城を見学したいと思っていた。金沢城に比較的近い駐車場に止めて金沢城に向かった。

門までが緩やかな上り坂になっていて、息が上がり途中で休憩したりして、金沢城の中へ入った。

急な上り坂でもないのに息が弾み、心臓も大分悪いと感じていた。城内は綺麗に整備されていて、ひし櫓を見学した。敵の攻撃から守る為の工夫がなされていることなど、興味深く見学して、帰路についた。

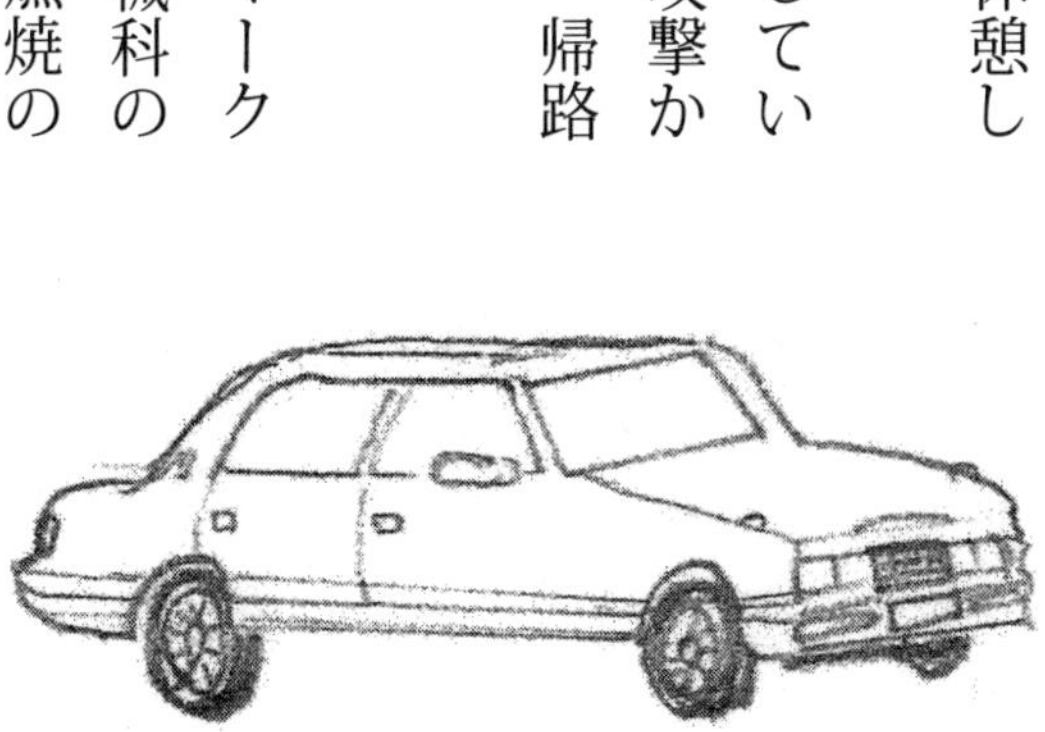

愛車のクラウンは「腐っても鯛」で快適な走りであった。マークⅡを購入する予定であったが、ホンダの指定店を経営する機械科の教え子が、「他社の車であるが、今、発売のクラウンは希薄燃焼の

Ｄ４エンジンなのでマークⅡより燃費がよい」との勧めもあり、「いつかはクラウン、最後はクラウン」との気持ちがあったので、グレードの一番高いクラウンを購入した。

今思えば、「安物買いの銭失い」にならなくて良かったと運転しながら考えていた。

この旅行中も快適な走りで、長距離を走ると疲れ具合が全然違う。また、高速での追い越し時や上り坂でのダッシュの良さは抜群である。十七年間乗り、走行距離も十四万キロであるが、故障らしい故障は一度もなく、まだまだ乗れそうである。

昭和四十三年頃、車が欲しくて、マツダのキャロルの中古車を購入し、乗り始めた。当時は車を持っている人は少なく、今のように性能も良くなかった。

構造もシンプルで、素人でも簡単な修理などが出来た。点火時期を変えて性能を上げたり、ファンベルトやプラグを取り替えたり、エンジンオイルも交換していた。最近は基盤が付いていて素人が触れられないので、すべて、専門家に任せている。

○手術の決断

ガンを手術して間もなく五年で、また、大きな手術をすることへのためらいがあった。

最初のカテーテル検査から、一年が経過して、症状は酷くなったようで、決断の時期が来ているとの思いが強まった。

ある友人は「年老いてから、メスを入れるのは良くない」と忠告してくれた。

また、ある人は「友だちが昨年、心臓弁膜症の手術をしたが、一年後の今は卓球している」などと教えてくれた。

家族と相談して、手術を決断し、手術の日程が決まった。その後、手術に絶えられるかを調べる為、一ヶ月前に三日間検査入院した。

いろいろな検査をしたが、一年ぶりに、もう一度カテーテル検査をし、一週間前にはMRI検査をした。

○心臓の弁の取り替え、修復

平成三十年一月九日に入院した。看護師さんから説明があり、血圧、体温、酸素量を測定した。その後に入浴、血液サラサラの点滴をした。

五年前に院長先生に要望したことの一つ目であるが、今回は看護師が病室でデータを直接入力していた。二つ目のガン検診のペット装置も導入され、新館も完成し、新しい検査用機械も導入されていた。

五年前の要望が実現していることに感動し、大変嬉しい気持ちで一杯になった。関係の皆さんの努力を讃えたい。患者や市民のために、今後も頑張って頂きたいと思う。

三つ目の職員の待遇改善や人材確保はよく分からないが、毎年、関係者全員で国、県、市に要求しなければならない課題であり、関係者は頑張って欲しい。

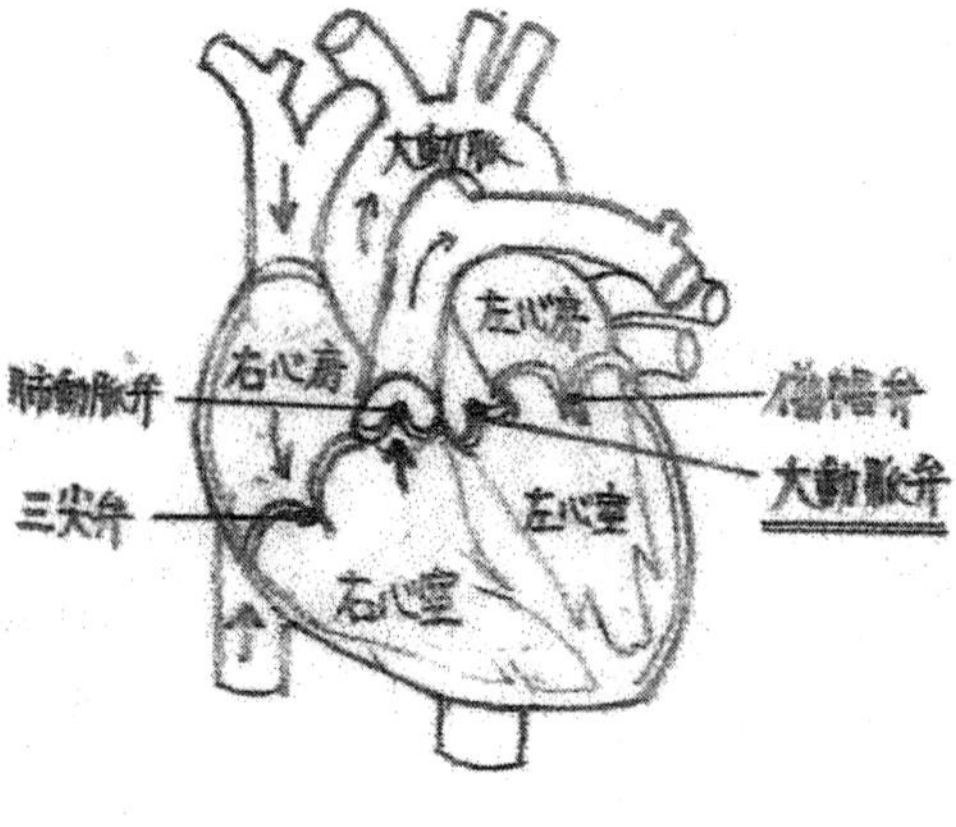

翌日、手術担当の先生二名が様子を見に病室に来てくれた。看護師さんが血圧、体温、酸素量を測定。HCU担当の看護師さんの説明。手術担当の看護師さんの説明などがあり、その後、主治医の先生から、私、妻、息子に説明があった。

大動脈弁を生体弁に、三尖弁《さんせん》と僧帽弁《そうぼう》を修復、不整脈の治療、脳梗塞が一ヶ所あるが、手術には支障はない。手術時間は七時間ほどであろうと言われた。

人間の心臓には四つの部屋がある。右心房、右心室、左心房、左心室でそれぞれの部屋に弁がある。

そして、血液が全身を流れて、右心房に帰り、三尖弁を通って右心室に入り、肺動脈弁から肺に行き、肺から左心房に帰って、僧帽弁を通り、左心室から大動脈弁を通って、全身に送られると詳しい説明があった。

当日、五時に点滴を外し、体温、血圧、酸素量を測定し、採血、手術用の服、ストッキング、ふんどしをした。

九時前に手術室に入り、手術担当の看護師さんが「背中に麻酔をします」との声を聞いてからは何も覚えていない。

○集中治療室、一般病棟へ

胸を開き、機械の心臓に接続し、心臓の働きを止めて手術した。手術時間は六時間三十分だったとのことである。

気がついたら、集中治療室のベットだった。五年前は狭い集中治療室で、夜中に気がついたが、今回は新しくて広い部屋で、明け方に目が覚めた。

身体に管が沢山ついていて、身動きが出来なかった。前回は手術翌日に一般病棟に移動したが、今回はすぐには移動出来ないなあと思った。

その後、集中治療室に五日ほどいた。少しずつ身動き出来るようになっていた。

三日目ぐらいから、テレビを見ても良いとテレビをベットの近くに持ってきてくれた。テレビが見れるようになり、気分転換が出来るようになった。

肋骨は針金で縛って固定し、胸ベルトを装着している為、身動きが出来ず窮屈で寝苦しかった。

五日後に一般病棟に移動した。その頃、たんが出て困った。一週間後ぐらいに心エコー、心電図、レントゲンを撮った。二種類の点滴、脈拍は１２５で脈が乱れていた。また、利尿剤の為、体重が二kg減少した。

手術から十日目頃、医療用ホッチキスをとった。その二十分後、急に息苦しくなり、心臓が六秒間止まった。慌てて医師や看護師が病室に来た。

その後、不整脈の治療として、電気ショックを受け、心臓のエコー検査と心電図検査をした。

○医療用ホッチキス

抜糸は簡単であった。先生が「今から抜糸します」と言って、ピンセットとトレイを持ってきて、ホッチキスをピンセットで抜き、トレイに入れていった。

五年前には先生が糸をハサミで切り、手で引き抜くため、一瞬痛みがあったが、今回は全然痛くなかった。五年間での進歩に驚いた。

テレビで放映されていた貴ノ岩の頭のホッチキスと同様の医療用ホッチキスで傷口を縫っていたようであった。

有名になった貴ノ岩は幕内に返り咲き頑張っていた。しかし、何を考えているのか、よりにもよって、貴ノ岩自身が暴力事件の加害者になり、がっかりさせられた。


私は、小さい頃から相撲にも興味があり、栃錦が地方巡業で近くに来た時、父に連れられて見に行ったことがあった。

その頃、新聞の写真で小柄の栃錦が長身の大内山を首投げで投げた写真が記憶に残っている。

また、中学生の頃に自転車で友だちと電気屋の店先に行き、テレビで放映されている大相撲を見に行っていた。

記憶に残っているのは、小さな鳴門海が横綱で腹のでっかい鏡里に内掛けで勝ったシーンである。

日本人横綱の稀勢の里が誕生した時には感動した。しかし、稀勢の里は怪我が完治せず、満足な相撲が取れないまま、先日の初場所途中に引退してしまった。日本人力士は頑張って欲しいものである。

○電気ショック、姉の入院体験

電気ショックのことで、姉を思い出していた。

姉は四十九歳の時、脳腫瘍で頭蓋骨を外し、当時、一番長い麻酔をかけて、卵の大きさの腫瘍を摘出した。

その後、心臓病で入院したり、心筋梗塞で呼吸が止まり、ＡＥＤで助けられていた。

今でも沢山の薬を服用し、定期的に通院し、それぞれの先生からの診断を受けている。

姉の家を時々訪問し、お互いに多くの病気を経験し、病気の話をよくするが「お互いに薬で生かされているなあ」

と話し合っている。

服用する種類も数も多く、それぞれの体質や病状によって、効能に差があるようで、副作用もあったり、調整の大変さを感じている。

姉はＡＥＤで二度助けられたが、一度目は「川の向こう岸から手招きする人に出会っている時に気がついた」とのことであった。

二度目は「誰かに手を引っ張られている時」に気がついたとのことである。

「いずれも、もう少しであちらの世界に連れていかれそうだった」と話している。嘘みたいな話だが「そんなことがあるのかなあ」と不思議に思っている。


手術後十七日目頃、脈が速くなっている為、苦しさとしんどさがあった。利尿剤を減らし、脈拍を下げる薬や脈を整える薬を飲んだ。

二月になり、数値も安定したので、退院の許可が出た。二月二日に退院した。

第三章　心不全入院

○退院直後、心不全入院・治療

弁膜症手術の退院後「心臓の悪いところを治したので、もう大丈夫だろう」との気持ちが強く、軽い仕事をしたり、部屋の模様替えで、テレビやベッドやソファーを妻と二人で移動した。

私の思いついたらすぐ行動に移す悪い癖である。間もなくして呼吸が苦しくなり、妻に促されて救急で入院した。

息子夫婦に土曜日、日曜日まで待てば部屋の模様替えや移動ならするのにと酷く叱られた。

退院して、八日後、また入院ということになってしまった。

「うっ血性心不全」という病名であった。

心臓の周囲や身体に水が溜まったことが原因であった。入院してすぐ、心臓の働きを助けるシールを貼った。

入院して間もない時に「この利尿剤を服用して脱水状態になって苦しかったので、この薬は絶対に飲まない」と言って、看護師さんを困らせた。

その直後に主治医の先生が来て「そんなことを言っているといつまで経っても退院出来ないよ」と激しい口調で叱られた。

入院して暫くは熱が下がらず、夜も眠れない日が続いた。睡眠導入剤をもらったりする日が続いた。

足の浮腫も酷くなった。主治医の先生の指示で利尿剤を三錠飲んだ。すると尿が１６００㏄出た。何回もトイレに行き大変であった。

心不全の治療は点滴などではなく、投薬による治療である。いろんな薬を服用しながら、心電図、エコー検査、レントゲン、採血、尿検査をして、データをみて主治医の先生が判断し、薬の種類や量を調整していくという長期にわたる治療とのことである。

「今後は薬の調整で治していく。車の運転に例えるとアクセルとブレーキを上手く使い一番良いところを見つけるんだよ」と解りやすく説明してくれる熱心な先生が主治医であった。

ある時は薬剤師さんが病室に来て「今すぐこの薬を飲んで下さい。飲んだかどうかを確

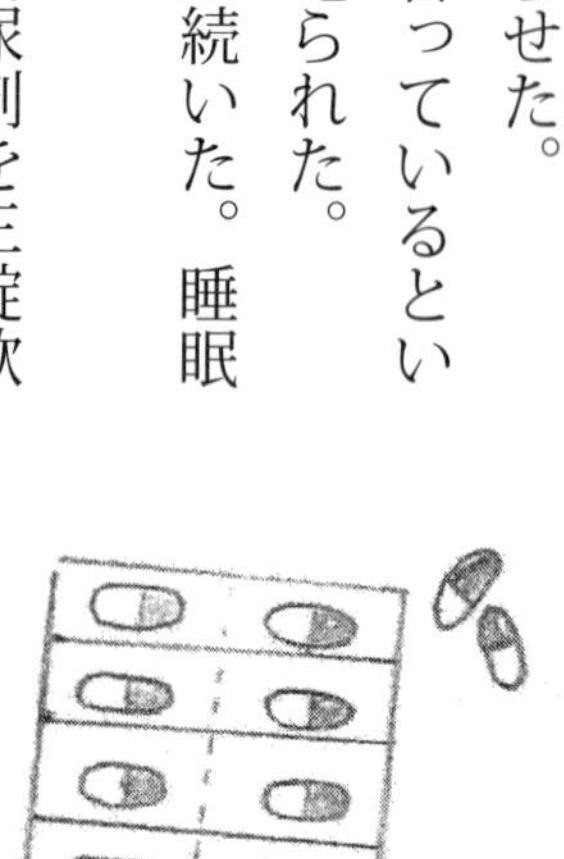

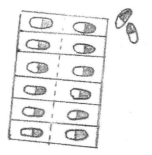

認しないとこの部屋から出ていけない」と言うので、すぐ飲んだことがあった。

すると、暫くして、トイレに何回も行き、尿が大量に出た。

ある時は脱水気味になっているとのことで、サムスカという小さい薬を半分に切っている時もあった。病院で出される薬の効能に驚かされていた。

二月十九日に心エコー、レントゲン、採血、検尿をしたが、数値はすべて良かった。その頃、無呼吸症候群を調べる検査をしたが、異常はなかった。

三月になり、心不全手帳を活用するように言われた。体重も朝、自分で測り記入していた。風呂に入ったり、談話室にも行ったり、外出許可で散髪に行ったりしていた。

三月中旬、甲状腺エコー検査、レントゲン検査をした。足が浮腫んだりしていたが、数値はほぼ安定していた。

病室では何もすることもなく、いろいろなことを思い出していた。

○病室から見えるゴルフ場

高校の同級生のゴルフコンペは窓越しに見えるゴルフ場で毎年数回行われていた。十五年間続いてきたが、二年前から参加人数が減少し、途絶えている。コンペを始めた頃は四組ぐらいの人数で行われていた。私が初めて参加したのは六十一歳の時、スコアーが81で運良く二位になった。今、振り返ると六十一歳頃がスコアーも良く、一番元気であったと思う。その後はスコアーも80台と90台の繰り返しで、70台を出したことはなかった。

私は大学時代、サッカーの同好会に二年間ほど入部していたが、足首を捻挫した為に退部した。それ以後余り運動はしてなかった。テレビ観戦はどのスポーツでも興味があったが、ゴルフは贅沢なスポーツとのイメージが強く、余り興味はなく、最初に勤めた学校では誰もしていなかった。ところが、転勤した学校ではゴルフコンペをしているとのことで、ゴルフをする人も沢山いた。「さすがに都会の学校だなあ」と感じていた。

まさか自分がゴルフをするようになるとは思わなかった。同僚に打ちっ放しに誘われて、放課後、何回か行っていた。

始めた頃は上手な同僚の先生の倍ぐらいのスコアーであった。その後、百を切るようになり、ストレス発散にもなるし、練習すればスコアーも少しずつ良くなり、楽しくなっていった。

同僚の先生たち二組で夏休みなどに四国や大山《だいせん》などに一泊で行ったり、北海道にも二回行ったりしていた。

そのうち、会員権も買って、ゴルフに行く回数も増えていった。

会員権を持っているゴルフ場のハンデイが十六か十八程度で、A級には参加出来なかったが、B級に時々参加していた。

定年になった頃に担任していた卒業生が大企業を早期退職して、ゴルフショップを開店した。

そこで、クラブ一式をオーダーで作ってもらい、時々

指導してもらっていたので、ゴルフへの関心も更に高まっていったと思う。

十二指腸ガンの手術をしてからはドライバーの飛距離が二十ヤードほど落ち、スコアーも殆ど90台になってしまった。

外科の主治医の先生はゴルフ経験があり「ゴルフは適度な運動だよ」といつも私にゴルフのことを聞いてくれる。

しかし、心臓弁膜症の兆候が顕著になり、坂道を登る時は必死であった。その後、弁膜症の手術をし、ゴルフが出来るようになった頃に足が浮腫んだりして、まだ、ゴルフには行っていない。

○病室変更、窓の景色

病室が変更され、窓から、四キロほど離れた自宅方面がよく見える。特に、自宅近くの海抜四百メートルの山がよく見える部屋で、この山は近隣でも高い為、登山愛好者がよく訪れる。

私が定年になって間もない頃、山頂からの見晴らしを良くする為、自治会役員、神社役員、神社山林委員、中学生、中学生の引率の先生も参加して、山頂を整備した。

当時、自治会役員であり、神社の山林委員であったので、参加した。

自宅にある旧式の重たいチェンソーを持って上がり、木を伐採する仕事をした。登山者が記帳出来るような屋根付きのボックスも設置した。

ボックスを設置した翌年に記帳簿を見ていたら、私が一緒に勤務して、山歩きが趣味の先生の名前を見つけ感動した。そのことを年賀状に書いて知らせたこともあった。

また、その山の周辺は神社所有の山が多く、他の神社の山との境界が解りにくくなっていた。

そこで、神社の山林委員の三名と他の神社の山林委員が共同で境界の周辺を解りやすくする為、標識を建てたり、チェンソーで周辺の木を伐採したりする作業にも参加したことが思い出される。

この山は子供の頃には中腹まで「あけび」を取りに行く為によく登っていた。

そして、近くの幼稚園の園歌の歌詞にもなっている。また、昔は米の相場を知らせる為の中継として、頂上で「のろし」を上げていた山でもあり、山頂からの眺めは大変美しい。

私のチェンソーは古くて重かったこともあるが、山頂まで登るのがきつかった。「若い頃、登山部顧問で鍛えたのに、何故かな」と思いながら登っていた。

「これらが心臓弁膜症の前兆だったんだ」と後で気がついた。

○退院直前の選抜高校野球

退院が近づいた頃、選抜高校野球が佳境になり、よく見ていた。印象的だったのは大阪桐蔭高校の強さであった。

決勝戦で智弁和歌山高校に勝ち、春の選抜大会で二年連続優勝した。全国大会に出場する学校は部員数も多く、指導体制も大変であると聞く。

私は登山部の顧問をする前に、二年ほど野球部の三番目の

顧問をした。

小さい頃から、草野球をよくしていたので、時々、外野ノックをした。しかし、適当な飛球が打てず、飛びすぎて体育館のガラスを割ったことがあった。当時は防球ネットなどは設置されていなかった。

細いノックバットでノックをすることの難しさを感じていた。野球ファンとして、勝手なことを言っているが、指導することの難しさを味わったりした。

それにしても大阪桐蔭高校の根尾君、藤原君は魅力的な選手である。阪神に入団して欲しいと強く思った。

○心不全退院

三月下旬頃から心臓リハビリが始まり、心肺運動負荷試験（ＣＰＸ）をして、エルゴメーター（自転車漕ぎ）の負荷を決めていた。

心臓手術の退院から、十日後に心不全で入院したが、薬の調整で治療して、血圧、脈拍、心電図、胸部X線、心エコー、血液検査の結果もやっと安定し、五十日間かかったが三月末にやっと退院することが出来た。

ただし、外来の心臓リハビリで通院し、二ヶ月毎に、採血、検尿、心電図、レントゲンなどを検査して、主治医の先生の診察を受けなければならない。

心臓手術により、身体障害者手帳（一級）が市から交付され、障害者としての人生が始まった。

第四章　心臓リハビリの五ヶ月間

○心臓リハビリの内容

退院と同時に心臓リハビリが本格的に始まったが、私が心臓リハビリの外来者第一号であると言われた。

リハビリの内容は準備体操をして、エルゴメーターで負荷を掛け、心電図や血圧計を身体に取り付けて、一定のペースでペダルを踏む。

そして、パソコンにデータを送り、リハビリの先生と看護師さんが付いて、循環器の先生が途中から来て、モニターでデータを確認していた。

エルゴメーターの負荷は最初は15Wであった。その後、20Wで二十分になり、五月末からは35Wで二十分で一定の速度でペダルを踏んでいた。

また、自宅で血圧、脈拍、体重、その日の出来事などを書いた手帳を見せて、いろいろと指導して頂きながら取り組んだ。

エルゴメーターでの訓練後はゴムを使った整理体操をして終了となる。この装置は循環器専門の病院で実施している機械と同じであるとのことで安心して取り組むことが出来た。

このエルゴメーターは三台しかない為、同時に三人で行っていた。リハビリする人は病状に合わせて、負荷のかけ方も違っていた。

しかし、みんな心臓病でお互いの病状や日常生活などを話したりして、楽しく和気藹々で一時間があっという間に過ぎていた。それぞれの人によって、リハビリの日数も違っていたが、私は週三日で五週間通院し、熱心に取り組んだ。

○リハビリ当初、後輩の死

リハビリを始めて、十日ほどで足の浮腫がなくなった。

リハビリを始めて、間もない頃、大学の後輩から電話があり、「友人が一ヶ月前に亡くなった」「誰にも知らせず、家族葬にする」との本人の意向だったとのことだった。

私が心臓の手術の一ヶ月ほど前、彼と大学の後輩と私の四人で食事を一緒にした。

その時、彼は白血病を患っていて、薬による治療をしていると言っていたが、元気そうで、大学時代の思い出や近況など、楽しく話し合い、大変盛り上がり「また会おう」と言って別れた。

それから、二ケ月後に亡くなっていたとのことである。食事を共にした三人で彼の家に行き、線香をあげ、奥さんと話して帰宅した。

人間の命のはかなさを強烈に思い知らされた。

私は定年後間もなく、住んでいる地域の三十数軒の世話役としての組長になり、八年間勤めたが、その間に十人を見送った。

最初の頃は殆ど自宅での葬儀であったが、だんだん葬儀会館でするようになった。

最近では家族葬が多くなっており、田舎でも時代の流れの速さに驚かされている。

それに伴い、自分の葬儀のことを考えるようになり、最近、家族だけでなく、知人友人にも自分の葬儀のことを伝えている。

死ぬまでの元気な時に「一期一会」の気持ちで、人に接していかねばならないと思うこの頃である。

リハビリから二ヶ月ほど経った頃、看護師長さんから、七月に病院祭がある。そこで、心臓リハビリ室に掲示したいので、感想でも何でもよいので、心臓リハビリについて書いて欲しいと依頼され、是非と強く言われたので、「心臓リハビリの内容や担当の先生や看護師さんが親しく接してくれるので楽しく取り組めることなど」を書いた。

○三ヶ月経過、地域活動の思い出

リハビリを始めて、三ヶ月が過ぎた頃から、散歩が出来るようになった。地域の中心部分で田畑、山林、神社、自治会館を見ながら三十分程の散歩コースである。散歩をしながら、昔のことを思い出していた。

三十歳代の終わり頃、住民大会で、神社の山の採石問題について、「山陽高速道が村の真中を通り、更に、採石をすると排気ガスと粉じんによる大気汚染や騒音、洪水などが心配である」と質問や意見を発言した。その直後の選挙で報復的に自治会協議員と神社総代に選出されたが、自治会協議員を二年間、神社総代を六年間、その任務を果たした。

神社総代会で「過去に神社の活動状況、会計報告、祭りのことなどを全戸に文章などを配布されたことがない。だから、採石問題でも状況が解らない」との意見が出された。

そこで、責任総代が活動記録を作り、会計係に会計報告、私に祭りの「お知らせ」や広報などを作るように言われた。

その後毎年、活動記録、会計報告、祭りの「お知らせ」などを全戸に配布されるようになった。

自治会でも、活動記録、会計報告を全戸配布されるようになった。その為、自治会や神社に対する不満などは少なくなったと実感した。

また、定年になる頃、農業用ため池の会計報告も全水利権者に配布されたことがなかった。

たまたま、私が順番で役員になり、会計を担当した。その年度に、水利権者から「水利費を集めているが会計報告がされたことがない」との不満の声が多く出された。

そこで、「会計報告を全水利権者に配布しよう」と担任者の打合会で決まり、年度末に会計報告を全水利権者に配布した。

それ以後、不満は出なくなった。その後、別のため池でも、会計報告がされるようになった。

地域活動では会計報告やいろいろな活動状況を地域住民に知らせること、特に金銭にまつわることなどは広報活動が大切であると痛感した。

○終了直前、北海道旅行

その頃、消化器科には六週間毎、更に循環器科には二ケ月毎に通院し、採血、検尿、血圧、時にはＣＴ、Ｘ線、胃カメラ、心エコーなどの検査を受け、それぞれの主治医の先生の診察を受けていた。

リハビリ終了間近になった頃に、先生の許可を得て私たち夫婦と息子家族、娘家族の十二名で北海道旅行に行った。

今回の旅行は孫たちの乗馬などの体験や大倉山のジャンプ場で

のスキーコーナーでの体験などを重視した旅行だった。

登別では熊牧場や地獄谷などを見学した。そして、登別温泉と札幌で宿泊した。しかし、雨の為、小樽の青の洞窟巡りが出来なくて残念だった。

四十年前、機械科の先生たちで北海道旅行をして、レンタカー二台で北海道を半周した。その時、熊牧場の熊が餌をねだる仕草が印象に残っていたが、四十年後の今も、熊の餌をねだる仕草が同じなのに驚いた。

帰りの飛行場でフライトの変更で走らされ時にはさすがに息が弾み苦しかったが、それ以外は困ることもなく、楽しい旅行だった。

○恩師との再会

この北海道旅行中に、大学時代にお世話になった教授と約五十年ぶりに再会することが出来た。

二日目の夕方、札幌のホテルで会うことを事前に連絡し、ロビーで待っているとのことだった。

しかし、先生が解らずウロウロしていた。本を手にしている年配の人がいたので、小声で「先生ですか」と声を掛けて、やっと解った。昔の面影を思い起こしながら、硬く握手し感動的な出会いだった。

お茶を飲みながら、五十年前を思い出し、いろいろな話をした。卒業後、数年間は先生宅を訪問していたが、その後、年賀状での挨拶のみだったので「若い時のイメージでいろいろ想像していた」と話された。そして、「大きな病気をしたんだな」「随分勉強したんだな」「パソコンの本を出版したんだな」などと「何々なんだな」との話し方は五十年前と全く同じだった。

論文などを書き続けてきたが、最近は高齢で文書、年賀状も、昨年から書いていないとの話だった。

先生は関西の有名な国立大学の博士課程を経て助手になり、私たちの大学に助教授として赴任し、十数年後に地元の北海道の大学の教授になった経歴の持ち主である。

現在九十四歳と聞き、元気さに驚いた。私が出版した本を送って欲しいと言われて別れた。

初級技術者向けの専門書は十年ほどで絶版になっているが、国立国会図書館には蔵書として題名を検索すれば表示される。

しかし、アマゾンでも古本として、わずかに販売しているだけなので、残り少ない手持ちの『パソコンによる機械設計基礎演習』と同じ職場に勤務していた一年先輩の先生と共著で出版した二種類の本と計三冊の本を帰宅後に郵送した。

第五章

腎不全入院、腎生検

○腎不全の疑い、阪神キャンプ見学

三月末の退院から八ヶ月を過ぎた十一月初旬、畑周辺の住宅に迷惑をかけないように、草刈りをして無理をした為、足が浮腫みはじめた。

あまり気にもせず、いつも通りに散歩をしたり、畑仕事を午前中、一時間ほどしたりしていた。また、年二回の親睦会が夏と秋にあり、それに参加してビールを飲んだりしていた。

浮腫がなかなか治らず、病院に行き血液検査、尿検査を受けた。すると、尿タンパクの数値が高いので、すぐ入院をするように勧められた。

しかし「阪神の秋季キャンプを見に行ってから」と言って入院を見合わせた。

その後、高知県安芸球場に行った。今年で三年連続での安芸球場のキャンプ見学だった。

安芸球場に行くことは以前から、孫たちと約束してい

た。また、自分も矢野阪神を間近で見たいとの思いが強く、足の浮腫で医者に止められたが、意思はかたく強行した。

安芸球場は一般の駐車場からグランドまで長い坂道を歩いていかねばならなかったが、障害者手帳を見せると球場の近くの身体障害者用と報道関係者用の駐車場まで行くことが出来て、大変、有り難かった。

韓国チームとの練習試合があり、中谷や大山がホームランを打ちボロ勝ちだった。今年は若手の成長が期待出来、ペナントレースが楽しみだと実感した。

孫たちもいろんな選手にサインをもらい喜んで夕方まで見学した。その後、本場の鰹のたたきを食べて帰路についた。

運転もせずに後部座席で寝転んでいたが、阪神タイガースのことを思い出していた。

阪神タイガースが優勝した昭和六十年の吉田監督、平成十五年星野監督、平成十七年岡田監督の三回が記憶に残ってる。

吉田監督の時はバース、掛布、岡田の強力なクリンナップや中西、中田などの活躍が思い出される。

星野監督の時は赤星、金本、アリアスの強力打線、井川、伊良部、安藤、ウイリアムスの投手陣が印象的であった。

岡田監督の時は藤川、久保田、ウイリアムスのＪＦＫが有名になり、今岡、赤星、金本、桧山、片岡、シーツなどの強力打撃陣が充実していた。

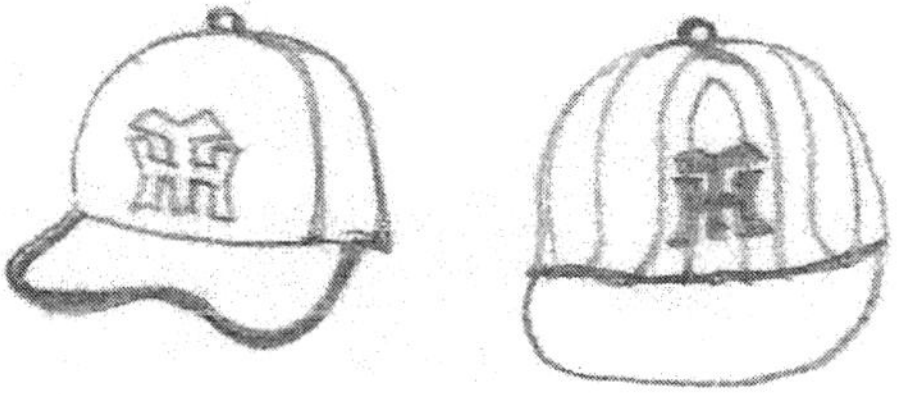

野球ファンはひいきの球団の劇的なシーンに歓喜し、心に残り、思い出すことで、いつまでも元気が出てくる。これこそが野球の醍醐味であると思う。
ファンが望むことは勿論、優勝であるが、巨人の常套手段の他の球団や外国からの寄せ集めで、優勝しても、心の底からの喜びではないと思う。
阪神に入団し、努力して中心選手として活躍する選手集団が優勝すれば本当の喜びとなると思う。
カンフル剤的に選手を補充することは欠かせないが、あくまで中心選手の殆どが、生粋の阪神で育った選手であって欲しい。

現在では、ピッチャーで藤浪、小野、才木、青柳。バッターでは中谷、大山、高山、梅野、糸原などである。

コーチの浜中、藤本、福原などが甲子園のマウンドに集まり、矢野監督が宙に舞っている姿を想像しただけで、涙が出てきそうである。


そんなことを考えているが、以前から気になっている選手がいる。

広島の新井が優勝出来る球団に移籍したいと、師匠と慕う金本を追って阪神に来た。ファンとしては大変喜んだ。

しかし、新井の人的保証で広島に移籍した赤松が気にかかっている。彼は足が速い外野手で、ある試合で外野フェンスによじ登り、レフトフライを好捕した記憶が強く残っている。

その彼が広島に移籍して間もなく、胃がんになって、手術して退院後、体力強化に励んでいるとのことである。退院した直後の体力は中学生並みであるとの情報を見たことがある。

その後、どうなっているのか気になって仕方ない。早く試合に出て活躍する姿を見たいものである。

また、この原稿を出版社に送付する寸前に、阪神タイガースの原口選手が「大腸がんで、近日中に手術する」と発表した。ヒーローインタビューで矢野、関本、原口と引き継いできた「必死のパッチ」で頑張って欲しい。そして、力強く、勝負強いバッティングを見せてくれる日を楽しみにしている。

私たちが小学生や中学生の頃は殆どの人は巨人ファンであった。高校二年の時、隣の市の会社の球場で巨人と西鉄オープン戦が行われた。

巨人ファンの友だちに誘われ、あまり気が進まなかったが、長嶋、王、中西、稲尾など有名選手が来るとのことで、自転車で一時間程かかって見に行った。

プロの選手の身体の大きさに驚いたものである。

大学の学生寮でも談話室で一台のラジオを囲んで何人かでナイターを聞いていても、殆どが巨人ファンだった。

しかし、何故か、長嶋、王がいた強い巨人に負けていた小山、村山の阪神が好きだった。

阪神は関西の球団であり、「判官びいき」からであろうと思う。

我が家は全員阪神ファンで息子が小学生の頃から、毎年、甲子園に応援に行っていた。

数年前から、息子夫婦と孫たちと私たちの七名全員で甲子園に応援に行っている。息子もガチガチの阪神ファンで、友だちや孫たちと年に数回、応援に行っている。

○腎臓生体検査の実施

キャンプ見学から、二日後に足の浮腫が酷くなり、とうとう入院することになった。

入院して、心電図、心エコー、採血十本、検尿、検便などをした。

そして、足の浮腫の原因が十二指腸がんの関係か、心臓など循環器関係か、などを調べた。その結果、腎臓関係であろうとのことだった。

そして、腎生検という検査をすることになった。

腎臓生体検査は腎臓の組織を取り、詳しく調べる検査である。背中を部分麻酔して、背中から針で少しずつ穴を開けていき、腎臓の組織を採取する検査である。四十分ぐらい腹ばいになり組織を取った。背中の痛みより、腹ばいになっている間、首が痛くて大変だった。

腎生検の結果が出るまでに、一週間程かかるとのことで、結果を見て判断することになるが「おそらくステロイドによる治療になるだろうと思う。ステロイド治療は五週間かかる」との説明を受けた。

「今年の正月は病院だなあ」と覚悟した。今まで、元旦は自宅で迎えていたが、今年で途絶えることになると思った。

結果待ちの間も看護師さんが一日に最低四回来て、血圧、体温、酸素量、脈拍、飲んだ水の量、尿が出た量を記録している用紙を確認したり、体重を測ったりしていた。

しかし、その時以外は何もすることもないので、パソコンを家から持ってきてもらい、年賀状を作ったり、親睦会の案内状などを作っていた。


十一月初旬に、一歳下の元同僚が亡くなり、家族葬で葬式を済ませたと聞き、今回の入院前に彼の家にお参りに行く為に数名の人に呼びかけ日時も決めていた。

だから、そのことを主治医の先生に話した。先生が「日本の文化を否定するようなことは出来ない」と言って、三時間程の外出を許可してくれた。

また、研修医に治療の見本を示す目的もあったようだが、病室で腎生検の予行演習をしたり、検査の翌日、腎臓のエコー検査を病室でして、私に写真を見せて、丁寧に説明してくれる中堅の優しい先生が主治医だった。

○浮腫解消と腎生検結果

腎臓生体検査の結果、微少変化型ネフローゼ症候群の疑いがあるとのことだった。

しかし、足の浮腫は少しずつなくなり、検査結果が出た頃には殆ど正常な状態に回復していた。

主治医の先生の説明では、「殆ど治療もしていないのに浮腫がなくなり、採血の数値も、検尿の結果も正常になったことが不思議で、医師たちでいろいろ分析しているが解らない」とのことであった。

そして、主治医の先生が「入院している必要がないので、すぐに退院しても良い」と言われたので、すぐに退院した。

体重の変化を記すと、次の通りである。

十一月一日は56kgであった。八日には58kgになった。十九日は62kgで上半身や手も浮腫むようになった。二十五日は62kgであり、これが頂点であった。

その後、徐々に、減少し、十二月一日には60kgになり、三日は55kgになった。そして、四日には54kgに戻った。十二指腸がんの手術で10kg減少し、その後は54kgが正常な体重である。

退院して、二週間後に通院して様子を見るとのことで、二週間後に採血と検尿をして、診察を受けたが、異常なしであった。主治医の先生は「データをいろいろ検討したが、浮腫み出した原因も、治った原因も解らない。今でも不思議でならない」と言っていた。

○退院、病院スタッフの協力

今回の足の浮腫による入院は廊下に出ることも禁止で、病室だけの毎日だった。

いろいろな検査で各検査室に行くことも多かったが、すべて、看護助手さんに車いすで行き帰り共に連れていってもらった。

体重も10kgほど増えていて、足や下半身に重りを付けたような感じで、車いすに乗り降りする時も「ヨイショ、ヨイショ」という状態であり、大変有り難く思った。

病院にはいろいろな役割の人がいて、患者の為に尽くしてくれていることを改めて感じた。

病気のデパートと言えるほど、次々と病気になった。病院の先生、看護師、薬剤師、栄養士、看護助手、その他関係者にお世話になりながら、わがままを言って叱られたりしたが、熱心に看て頂き、お陰で命を長らえることが出来て感謝している。

今後も世話になり、自分自身で自分を管理し、少しずつ鍛え、心臓手術前にしていたようにゴルフ場に行き、ラウンド出来るぐらいまでに回復するように努力したいと思っている。

第六章　再発の不安、障害者としての終活

○再発の不安、五年間のがん生存率

最近、がんの生存率が病院などで掲示されたり、マスコミなどでも話されている。そして、自分なりにもスマホやパソコンで調べてみた。

十二指腸がんのステージ毎の五年生存率は次のようである。

ステージ一期（切除のみで治療が出来る）50〜70％
ステージ二期（手術で切除出来る）50〜70％
ステージ三期（胆汁が流れにくく黄疸が出始め、腫瘍切除可能）50〜70％
ステージ四期（十二指腸以外の部位転移している）20％

とのことである。

十二指腸がんは症例が少なく、生存率のパーセントもおおまかなデータである。いくら調べても正確なデータは見つからなかった。

これに対して胃がんの五年生存率は、一期は97％、二期は66％、三期は47％、ステージ四期は7％である。

肺がんの五年生存率は、一期は84％、二期は50％、三期は22％、四期は5％である。

乳がんの五年生存率は、一期は96％、二期は91％、三期は80％、四期は50％である。

他のがんに比べて、乳ガンの五年生存率は高い。

十二指腸がんは進行が遅く、五年生存率は胃がんや肺がんより少し高いようであるが、あくまで早期発見が大切であることはどのがんでも言える。

このような状況の中、再発によって、逝く知人友人には特別の思いが沸いてくる。

私が十二指腸がん摘出手術をした直後に、胃がんの摘出手術をした知人がいた。

彼とは若い頃、子供のスポーツクラブの保護者会で一緒に活動した人である。彼とは通院した時や孫の運動会や祖父母参観で会ったりしていた。

会うたびに、いろんなことや近況を話し合っていた。

暫く会っていなかったが、半年ほど前に病院で偶然会い「今から入院するのだ」と言っていた。

「再発して入院するのだ」と思った。彼に「がんばれよ」と言って握手した。

それから、数週間後、亡くなったことを聞き、大変ショックだった。

葬式にお参りし、奥さんに「私の心の中で生きているよ」と小声で言うのが精一杯であった。

○最近五年間、知人友人の死

最近、五年間で、地域のボランティア活動をした同年代の友人や知人が十名ほどが続いて亡くなった。がんの再発、がんが見つかったが手遅れなどである。

池や溝掃除などを一緒に仕事した知人で、会うとお互いに冗談を言い合っていた。その彼は私より二年ほど前に肺がんの手術をして、元気になっていた。しかし、再発して亡くなった。その時も人ごととは思えず衝撃が走った。

また、発見が遅く手術出来ずに亡くなった知人友人も多い。子供の頃一緒に遊んだ人、地域活動を一緒にした人、大学の後輩など同じ年代の人たちが同じような時期にあまりにも多く亡くなった。

すべての葬儀に参列したが、いずれ来るであろう自分の姿と重なって見え、複雑な気持ちになった。まだ数年しか経っていないので、私の心の中で彼らは生き続けている。

自分も再発するのではないかとの不安に駆られている。そして、「倶会一処《くえいっしょ》」と言うことを以前に聞いたことがあり、正に、逝きつくところは皆同じで、早く逝くか、少し遅れて逝くかであることを自分に言い聞かせるようになっている。

○障害者の施設充実、機械器具の開発

健常者の時には気づかなかったことが沢山ある。

大きなショッピングセンターに買い物に行った時、入口近くに障害者専用駐車場が設けられている。ゆっくり歩かねばならなくなった今、大変助かり、感謝している。

また、親睦会などに出席する時、電車で参加しているが、最近の駅のホームは高架駅が

多い。だから階段を上がっていかねばならない。

元気な時は何でもなかったが、後期高齢者になり、障害者になって、階段近くに設置されているエレベータを利用しているが、有り難みを感じている。

電車内の障害者や高齢者の為のシルバーシートにも感謝するばかりである。

これからも、障害者、高齢者など弱い立場の人の為の施設を充実されることを願っている。


また、前述の大学後輩の北海道旅行でのサポート体制を知ったが、旅をする障害者や高齢者へのサポート体制の拡充を望みたいものである。

そして、サポート体制も個人的なボランティアに頼るのではなく、公的な制度として、担当者を雇用するなどを考えて欲しいと思う。


更に、障害者、入院経験者、医療や福祉の関係者が技術者と協力して、機械や器具を開発することも大きな課題である。

パラリンピックで義手や義足で頑張っている選手を見て感動しているが、選手だけでなく、日常的に障害者が、普通に生活が出来るようになって欲しい。

○若い障害者の働く場所、作業所拡大

自宅から二キロ以内に二ヶ所の障害者の作業所がある。

毎朝バスで数名の障害者がバスや自転車で通勤し、通勤不可能な障害者は施設や作業所の車で送迎してもらって、施設や作業所に来て簡単な作業をしている。

こんな施設や作業所が増え、多くの障害者が働けるようにすることが今後、強く求められていると思う。

また、一般の会社でも障害者が出来る仕事を増やし、雇用をしていくことも各企業に求められている。

○兼業農家、稲作り、野菜作り

兼業農家として、稲作と野菜を作ってきた。定年後も、減反をして、自宅と親戚分の稲作を約二反、野菜を三畝程作り、減反の田畑は自己管理してきた。

十二指腸がん摘出後は稲作りをやめ、野菜のみを作っている。夏野菜はトマト、キュウリ、ナス、トウモロコシ、カボチャ、スイカ、キャベツ、エンドウ、ジャガイモなどである。秋野菜は白菜、大根、ほうれん草、小松菜、人参、ネギ、イチゴ、サツマイモ、玉葱、ブロッコリー、秋ジャガなどである。

野菜作りは毎日少しずつでも世話をしなければならず大変である。

昔、稲作りはすべて手作業であったが、機械化が進み、草刈機、トラクター、田植機、動力噴霧機などを使用し、重労働は緩和されたが、楽な仕事ではなかった。

現職の頃、同じように兼業農家の同僚と話をしたことを思い出している。

トラクターの自動化が研究されているが、「当時GPSでの自動運転の研究がされていたが、誤差が大きく、まだまだ実用化にはほど遠いなあ」と話し合っていた。

しかし、最近、誤差を修正する為の装置が開発され、ほとんど誤差もなく、自動運転している映像がテレビで放映されていた。

二十年経過して遂に実用化が間近になったことを感慨深く見入っていた。

今後、農業関係でも、更に機械化が進歩して、働く人の助けになって欲しいものである。

○獣害対策、減反政策

減反政策で日本全土の田畑が荒れ果てている。最近、減反政策は見直されているが、今更、減反政策がなくなっても、荒れ果てた田畑がいっぱいあり、どうにもならない。

また、定年前くらいから、イノシシ、鹿、ヌートリアなどの獣害対策に悩まされ、網だけではどうにもならず、山間部やゴルフ場に設置しているような電気柵を専門店で購入し、田んぼの周囲に設置して稲作りをしてきた。

数年間は被害にも遭わなかった。しかし、十年後ぐらいから、イノシシが増加したことや、イノシシが学習した為か、刈り取り直前になると網や電気柵をなぎ倒して進入するようになった。

だから、朝晩、妻、息子と三人で見回りをして、稲作りを続けていた。しかし、十二指腸がん摘出後は稲作りは出来なくなった。

日本の食料の自給率を高める為にも、全国的に抜本的な農業政策の改善が求められていると思う。

○親睦会での訴え、終活

親睦会に出席し、昔の同僚と話し合い、元気を頂いているが、私は皆に三つのことを話している。

一、定年後は必ず健康診断を受診し、早期発見、早期治療、市の健診だけでなく、人間ドックを受診することが大切であること。

二、困難な状況でも、ポジティブに生きている人たちのこと。
三、世の中の出来事で感じたことや趣味のこと。

などについて、少しでも元気を与えたり、参考になることを訴えたいと思っている。

今後はいろいろな人との思い出を胸に、一級障害者になっているが、自分の身体と相談しながら、考えたり、喋ることは出来るので、新しい事物への好奇心を持ち、少しでも自分を高める努力をし、のんびりと過ごしていこうと考えている。

そして、野菜作りをしたり、春になると、心臓の手術から一年が過ぎるので、ゴルフが出来るぐらいには回復するように少しずつ鍛えていかねばならない。

また、時にはドライブに行ったり、阪神タイガースの優勝の為に力一杯応援をしたいと思っている。

「塞翁が馬」という諺のように、一生のうちには悪いことも良いこともある。今後もいろいろなことがあるだろうが、有意義な終活を送らねばと思う。

第七章

工業高校の役割、制度、内容、物づくり

工業技術教育に携わって、いろいろな経験や感じたことを多くの人に知って頂きたいと思い、工業教育の役割、制度、内容などをこの章にまとめた。

特に、四十歳前後の一番忙しいが、気力、体力が充実している頃に実践したことを記している。

一番忙しかった時期は三十歳前半からの約十五年間であったと思う。

組合で総要求運動が盛んな時期に支部の書記長として、組合だけでなく、学校、地域での多くの仕事を要領よく処理していく方法を他校の先生から教えてもらった。

それはノート型の見開きで、一週間分の予定表を活用する方法である。予定のすべてをそれぞれの日の時間帯に記入しておき、その仕事が終われば線で消す。新たに仕事が入ればその日の時間帯に記入する。

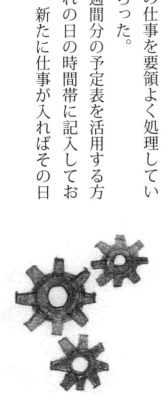

この日程表をいつも見つめて、次にしなければならない仕事を常に確認し、早めに準備する。

この予定表を活用し、いろいろな仕事を同時にこなすことが出来るようになった。

○工業高校の役割、工業教員養成

昭和三十年代後半からの高度経済成長社会の幕開けに伴い、工業技術者が求められるようになった。そして、実業系の高校、特に、工業高校や工業科のクラスが沢山増設された。その為、昭和三十八年に三年制の工業教員養成課程が全国の九つの国立大学に設置され、三年後に第一期生が卒業し、工業高校の工業教員になった。

しかし、六年後にその役目を終え、国立の九大学の工業教員養成課程は廃止された。その頃、昭和四十一年から四十二年に東京学芸大学を除く全国の国立の学芸大学が教育大学に名称が変わり、学芸学部も教育学部に変更された。

私は学芸大学で工業教員免許を取得し、機械科の教員になったが、電気科の教員、林業科の教員になった同級生もいた。また、一年後輩にも機械科の教員に二名がなった。他の教育大や教育学部からも工業高校の教員になった仲間も少なくなかった。

当時、工業に関係する学科の教員には産業教育手当8パーセントが支給されていた。大学を卒業して、工業教員になった人の賃金は一般の企業に就職した人よりも少なかった。そこで、その格差を是正する為に産業教育手当という制度が設けられた。

日本の高度経済成長にとって初級技術者を養成する為に工業高校で指導する教員が量的にも質的にも必要であり、産業教育手当や三年制の工業教員養成課程が設けられたのである。

また、普通科では五十人学級であったが、産業教育振興法で工業学科は四十人で、実技指導は設備の関係や安全性から十人単位の指導とされていた。

このような背景を知らずに、普通教科の多くの教員から「工業の先生は産業教育手当をもらい、四十人学級で実習は生徒十人の授業であり、不公平だ」とよく言われた。

そんな声に対していつも事情を話したりしていたが、黙って冷たい目で見ていた教員も沢山いたと思う。

いつの頃からか、産業教育手当は廃止され、課題研究や選択科目が普通教科でも取り入れられ、少人数授業が一般的になり、工業の実習の十人授業に対しても批判されなくなった。

○工業教育内容の変化

昭和四十年代の工業高校機械科の専門科目は応用力学、材料力学、機械材料、機械工作、機械製図、機械設計、工業計測、工業経営、原動機、電気一般などで、教科書による知識中心に教室で生徒四十人の一斉授業であった。

また、実習実験として、機械実習、鋳造実習、鍛造実習、仕上実習、溶接実習、材料試験、原動機実習、流体実習、計測実習、電気実習などを自主教材によって実技中心に実習室で生徒十人の授業であった。

私は新任の時、担当した科目は応用力学、機械材料、材料力学であった。応用力学は力、運動など普通科目の物理のような内容であった。

機械材料はいろんな材料の性質や特徴などであった。

材料力学は材料の強さ、はりなどの計算を伴う内容であった。

実習は材料試験で各種の材料の強度などを測定する実習であった。

そして、校務分掌は教務部の教科書係であった。

その後、担任したり、いろいろな科目、実習、校務分掌、組合の役員などを経験した。

企業の技術の進歩と共に、教育内容も充実し、授業や実習も変化していった。


新任から数年経った頃、大学紛争の影響や各種の思想に基づく権力闘争のあおりで、高校にも外部勢力が職場に混乱を持ち込んできた。

職場の団結を弱め、分断された職場では、大きな混乱が生じ、学校教育を破壊に追い込まれるような事態となっていた。

一部の生徒を利用して、「変な落書きをしている。こんなことをする生徒を育てている学校は差別教育を行っている」、だから「この学校の先生を糾弾して反省させねばならない」などと言いがかりを付け、教師集団を糾弾していた勢力などがあった。

私が勤務していた学校ではどんな言いがかりにも教職員の団結の強さと民主主義で糾弾を許さず、多くの先生と共に外部団体との戦いを体験出来たこと、及びそんな中でも技術者教育に専念し、生徒に関わることが出来たことを思い出すこともよくある。

生徒指導について、全校の先生の中には、やんちゃな生徒の指導について、何回か問題を起こすと「退学させるべきだ」、そうすれば「他のやんちゃな生徒が良くなるし、クラスも良くなる」と主張する先生もいた。

しかし、私は「どんな生徒でも必ず良くなる。だから、退学させるべきでない」。また、「退学により他の生徒を良くする」との考えは一利あると思うが、正論ではないと主張し、何度も激論した。

十五年間担任をしたが、「担任をした生徒は絶対に退学させない」との信念で、担任の生徒たちに宣言し、多くの先生の協力を頂いた。そして、担任は三年間持ち上がりの為、生徒に深く関わって指導出来た。

だから、どんな生徒に対しても、正面から向き合い、真剣に厳しく指導した。大声で喚き、手を上げる寸前までいったことが何回もあったが、暴力を振るったことはなかった。

家庭謹慎になった生徒の家庭訪問も、夜遅く行ったり、時間数が足りなくなりそうな生徒には明け方に迎えに行ったこともある。その結果、一人も退学させなかったし、退学した生徒はいなかった。

そんな生徒の一人が、十数年後の同窓会で、国鉄の貨物部門で働き、組合役員としても頑張っていると聞き、大変嬉しかった。

その反面、弱い生徒を萎縮させないようにしたり、気持ちに寄り添うなどということは出来なかったように思う。経験を積むに従って未熟さを反省したりしていた。

私は若い頃は力学的なことやエンジンに関心があった。その後、パソコンを使ったり、パソコンでいろんな物を動かしたりすることに興味が移った。

パソコンが出始めた頃、大阪まで行き、日立のベーシックマスターを購入し、電車で持って帰り、徹夜で使ったこと、その後、富士通のセブンなどを使って成績処理用や生徒の学習用プログラムを作っていたことを昨日のように思い出す。

その後、授業も情報技術、原動機などを担当し、実習では流体実習、ポケコンによる制御実習を担当した。

情報技術は一年生で教える科目で、内容はコンピュータの構成などのハード的なことやプログラミングなどのソフト的なことなどである。

原動機は二年生と三年生で教える科目で流体力学、水車、ポンプ、油圧機械、熱力学、ボイラー、タービン、エンジンなど、流体や熱エネルギーに関することなどである。

これらの科目は教科書をもとに、教室で教える授業であり、晩年は世間話で息抜きをしたり、いろいろな知識を織り交ぜて、充実した楽しい授業が出来たと思う。

流体実習は水車やポンプの性能についてデータをとり、パソコンで性能曲線を描いたり、油圧回路を作成するなどであった。

ポケコンの制御実習はベーシック言語やC言語を使いLEDやモータなどの出力装置を作動させたり、音センサーや光センサーなどの入力装置で信号をポケコンに取り込むなどをしていた。

検定試験の指導もしてきたが、その内容も変化していった、当初は計算尺検定であったが、電卓検定になり、その後、情報技術検定に変わっていった。

科目も変化し、応用力学、材料力学がなくなり、その内容が機械設計に加えられた。

また、機械材料がなくなり、機械工作の中に入れられた。

工業経営という科目がなくなり、情報技術という科目が新しく出来た。

そして、工業計測が計測・制御に変わった。

新しい機器や機械として、ＮＣ旋盤、ＮＣフライス盤、マシニングセンタなどが導入された。

製図関係でも、Ｔ定規、烏口の時代から、ドラフター、ＣＡＤなどへと変化していった。

ガリ盤用鉄筆、ロットルペン、ワープロ、パソコンなどと変化していった。

○教師の研修

工業教育全体が産業界の変化に伴い変化していった。

それに併せて、工業関係の教師は必死で研修に励み、知識や技術の習得が求められた。

私が教師になった頃から、全国工業校長協会の主催や後援の講習会などが、夏休みを中心に全国で開催されていた。

新任の頃、当時の科長から、ヤンマーディーゼル、いすゞ自動車で実施された研修会に参加するように勧められ、参加した。

大学の卒論でエンジンの設計製図をしたことから、エンジン関係に興味があったので参加した。

全国の工業高校からの参加者はベテランの人もいたが、みんな真剣に取り組んでいた。研修内容は講義と実習で、エンジンの組み立てなどが中心だった。

その後、マツダ工業でロータリーエンジンについての講習会にも参加した。

また、同僚と愛知県の企業にポケコン制御実習に行ったり、小型万力の制作実習のため、岐阜県の企業に行ったり、夏休みにパソコンの講習で岐阜県に行ったりした。

同僚の先生は油圧装置の講習会、ＮＣ旋盤講習会、マシニングセンタ講習会に参加していた。

また、日帰りの企業見学などにも多くの同僚が参加したり、企業に短期留学で研修に励んだりしていた。そして、それらを生徒に還元していった。

最近は、形式的な報告事項などが多いと耳にするが、安心して教師が研修出来る環境作

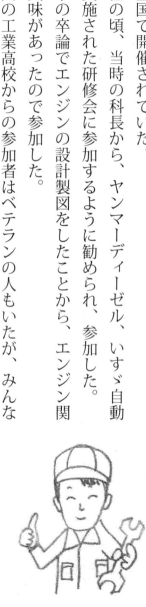

りが重要であると思う。

夏休みに出勤を強要するだけでなく、いろいろな企業での研修や講習会に参加するように勧めることが大事である。

「不易流行」ということを教師が自覚して、自己研鑽に努めることが常に求められていると思う。

○自動車部の活動

私は三十代後半に大日岳から剱岳・立山縦走の夏山合宿で体力の限界を感じ、登山部の顧問を退き、自動車部の顧問になり、若い同僚と生徒の指導に携わった。

実践例として、ゴーカートを作成した。

毎年文化祭前になると部員たちと制作して、文化祭当日、運動場で部員が走行していた。

五十ccのカブのエンジンやチェーンなどを学校近くの単車販売修理店に依頼して、もらっていた。

フレームはパイプを加工し、溶接して作り、ホイール、タイヤ、ハンドルやバケット型シート、前輪のハンドル関係は購入した。

後輪のシャフト、スプロケットを取り付ける円盤、ブレーキシュ、ホイールを取り付ける円盤は旋盤で加工し、後輪のシャフトに溶接で直角に取り付けた。当日までに完成させる為、連日放課後、遅くまで実習室の機械を使って作業した。

遅くまで作業するので、校長に叱られたことも何回かあった。しかし、必ず完成させて、生徒に完成の喜びを味わわせる為に必死で取り組んだ。

完成してエンジンをかけ、爆音を出して運動場を走行し、生徒と喜び合ったことが強く印象に残っている。

その他の活動は、カットエンジンを作ったり、夏休みに三菱自動車水島工場、ダイハツ池田工場、大阪産業大学の自動車学科を見学したりした。

ある年は、登山部に借りたテントでコッフェルとラジュースで食事を作り、鈴鹿の山中でテント泊して、鈴鹿サーキットへ連れていき、生徒たちは爆音を出して走るレースを満

足そうに見学した。

○総合実習の物づくり

「総合実習」という授業で、ホバークラフトを作ることになり、十数名の生徒に数名の教師が担当し、各部分毎に分けて制作し、後で組み合わせるという方法で制作した。

当時、広島県に制作している会社があり、夏休みに生徒と担当教師数名で、まだ、山陽自動車道がなかったので、中国自動車道を利用して訪問した。途中の中国自動車道で追い越しをしてきた外車に、元気者で大きな身体の生徒が窓を開け一瞬大声で叫んだ。するとその外車が我々のワンボックスのレンタカーに対して、今、マスコミで報道されているような「あおり運転」をしてきた。こちらはスピードを制限速度より少し落として走行した。

車内では緊張感が漂っていた。大声で叫んだ生徒に対して、車を止められたら、一人降りて謝るように言ったりしていた為、その生徒は神妙な顔をしていた。

皆も覚悟を決めたように静かになっていた。数キロそのままで走行したが、やっと、その外車は速度を上げて走行していき、皆胸をなでおろした。

その後、広島の会社を見学して得たことを参考にし、試行錯誤で完成させた。しかし、エンジンのパワー不足と重量オーバーで、少ししか浮上しなかった。

その他、別の班では、公園に設置されている遊具と同じような大きさのブランコ、雲梯、ジャングルジムなどを制作した。市役所に申し出ると、「市内の公園に設置しましょう」と言われ、その後、市が責任を持って安全管理をしてくれた。

○文化祭の機械科作品

文化祭で機械科の出し物として、空き缶を集めて組み立て、人が通れるような大きな門を生徒と先生で作り、上にドラゴンボールの模型を作り、手を動かせるようにした。

文化祭前の数日をかけて、必死で制作したこともあった。

○造船科改廃

昭和六十年代になった頃、突然、県教育委員会は「造船科を廃止して、電気科を設置する」と発表した。県教育委員会から数名が私たちの学校に来て、校務運営委員会で説明があった。

私は造船科と関係の深い機械科の科長であり、校務運営委員の中で一番若かったので、一番に質問と意見を述べた。

「造船業界が不況になったから、造船科を電気科に変えるという単純な企業の論理で、突然に一方的に変えることには納得出来ない」「造船業界が不景気でも、造船業界がすべてなくなるのではない。世論はまだ造船科は必要であるとの意見が多い」「数年後の改変でなく、今すぐの改変には反対である」などの意見を言った。その他、多くの委員から質問や反対意見が出された。

その後、談話室で造船科職員との話し合いがあったが、私は関連学科の機械科の代表として出席した。

県の担当者の発言に感情的になり、厳しいやり取りをしたと思う。

しかし、私たち現場からの意見や主張は受け入れられず、造船科を廃止して電気科に改変された。

○機械科実習棟改築、設備充実

造船科廃止、電気科新設と同時に機械科の実習棟の改築が実施された。

機械科職員全員で工業高校や関連の企業の現場を見学して、実習室の内部の機械の配置について、意見を出し合い、八つの実習室のレイアウトを検討した。

連日連夜、夏休みも毎日出勤し、あたかも自分の家を建てるような気持ちで実習棟の各実習室の原案を作成し、県に提出した。

また、改築に伴い更新する機械や新しく導入したい機械なども理由を添えて一覧にして県に提出した。後日、それらについて県から、いろいろな問い合わせがあった。

そして、年度末が近づいた頃の深夜に、県の担当者から私に電話があった。「今、知事査定を受けている」。要求の内容を詳しく聞きたいとのことであったので、詳しく説明した。予算の都合で、コンクリートの建家にならず、今でも悔しく思っているが、設備については殆ど要求通りになった。

施設設備は新築や新設すれば、何十年と長く使い続ける。だから、その時代で最高と思えるようにしなければならないと痛感させられている。

当時は建設的で良い意見であれば聞き入れてくれることが多かった。しかし、今は現場の意見を聞き入れることは非常に少なく、上からの指示で進められることが多くなっていると聞くが、大変残念なことである。

○コース制と生き残り

転勤した学校は機械科が四学級あった。「四学級ある学科は学級減の対象になっている」「だから、学級減にされないためにコース制を導入しなければならない」と校長から、機械科に指示があった。

そこで、機械科の四人の先生で原案を作った。

それぞれのコースにふさわしい科目と実習を考え、機械技術コース二クラス、制御技術コース二クラスとした。

作成した翌年から実施された。たまたま、私が学年主任をした年度から、実施になった。二学年になって、コース間の成績、生徒の素行での差が酷くなり、その実情を校長にデータを示し話した。

その校長は県教委から赴任してきた校長であったが「そんな実情なら、コース制を辞めることを考えよう」と言われた。

前校長はコース制の必要性を強調していたが、校長が変わるとこんなに違うのかと驚いた。

数年後にコース制はなくなった。

「上からの一方的な改革は定着しない。下からの要望がなければ、よりよい改革にならない」ことを教えられた。

また、その校長は学年の意見や多くの先生の意見を可能な限り聞き入れる度量の大きさを持っていた。

○課題研究の物づくり

工業高校にパソコンが導入された頃から、ポケコンやパソコンでの制御に興味があった。「課題研究」という科目が平成年度になって設置された。これは三年生の生徒が履修する科目で、その内容は作品の制作、調査、研究、企業での実習、資格取得などであった。この科目は専科の先生が担当した。

私は「ポケコン制御の一人乗り自走車」を生徒と共に制作した。

台車から制作した。その後、電子回路を作り、台車に取り付けた。

台車のフレームはアングルを切断し、溶接して作った。モーターと車輪を連動するシャフト

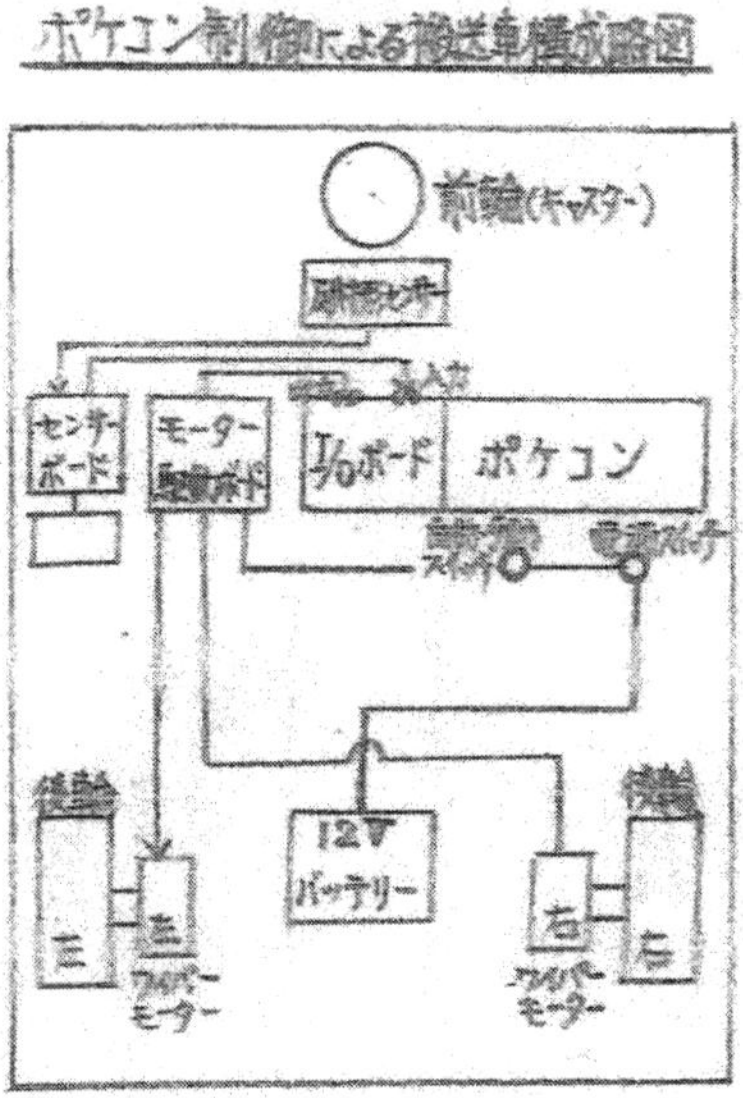

は旋盤で加工して作った。

後輪の左右のモータの回転と停止によって舵取りをする構造とし、前輪は一輪でキャスターとした。軸受、車輪、キャスターは市販のものを使用した。

I／OボードはIC（74541、74377、74138）を使い、入力を三ポート、出力を三ポートとし、ベーシック言語でも、C言語でも作動するようにした。

モータは自動車用ワイパーモータを使用した。駆動回路はSSRとIC（NAND）を使って制作した。

反射形ホトセンサーによる入力回路を反射形ホトセンサー、トランジスタ、IC（NAND）、抵抗などを使い、幅の広い白と黒のテープでコンパネにコースを作り、反射形センサーで白と黒を判別して、一と〇を取り込み、左右の後輪をそれぞれ回転させて走行した。

人を乗せて走行する為には、トルクの大きい自動車のワイパーのモーターが最適であった、モータースを経営する卒業生にもらってきた。人を乗せて走行する為、各部分を強く

完成図

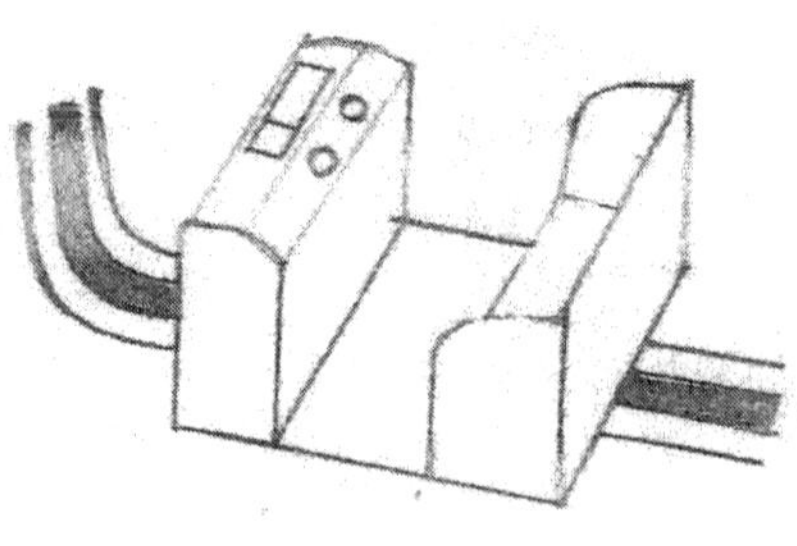

しなければならず大変苦労した。

発表が近づくと寝れない日があったりした。しかし、指導する自分が自己満足するだけでは意味がないので、どのようにして生徒に考えさせるかが大変だった。

ゆっくりとした速度であるが、コースのカーブの箇所もコースアウトせずに走行し、生徒と喜び合った。課題研究の授業でいろいろな物を制作したが、一番の傑作品であった。県の工業高校の展示会にも展示し、実演したことが昨日のように思い出される。

毎年、すべての部品を作り直し、全体の寸法も変えたりして、少しずつ改良した。年々動きも良くなり、三年後にはスピードが速くなってもコースアウトしないようになった。


二つ目は、ポケコン制御による信号機を制作した。

ポケコンのI／O基盤、光センサー回路基盤、ソリッドステイトリレー回路基盤、信号機（自動車用、歩行者用）を制作し、ポケコン制御で自動車用信号、歩行者用信号を点滅させ、光センサーで昼用と夜用を点滅させる信号機とした。各色の点滅時間や点滅パターンはプログラムで変えることが出来るようにした。

ポケコン用I／O基盤はIC（７４５４１、７４３７７、７４１３８）を使い、入力用五ポート、出力用五ポートとし、ベーシック言語でも、C言語でも作動するようにした。

光センサー入力用回路基盤はCdS、トランジスタ、IC（NAND）、抵抗を使い、白と黒で一と〇を入力する回路とした。

ソリッドステイトリレー回路基盤はSSR、トランジスタ、IC（NAND）を使い、五ボルトで百ボルトを制御出来る回路とした。

これらの基盤及び五ボルト電源、百ボルト増設用コンセント、光センサー用コネクタなどをコンパネに取り付け、それらを結線して制御盤とした。光センサー基盤は信号機の支柱に取り付けた。

信号機の支柱は、六十ミリの角パイプで高さ二メートルとし、転倒防止用の足を付けた。同じ支柱を四本作った。

信号燈はアングルで長方形のフレームを作り、支柱に取り付けた。電球用ソケットの取り付け部分や自動車用信号機の傘及び歩行者用信号燈の箱はアルミ板で制作した。

制御台を制作して制御盤をのせて、信号機と結線し、塗装して完成させた。

信号機の周辺が明るい時（昼間）は、光センサーからの入力信号が一となり、自動車用の赤、黄、青の電球及び歩行者用の赤、青の電球が順次点滅する。

信号機の周辺が暗い時は（夜間）は光センサーを黒い布で覆って夜間状態として、光センサーからの入力信号が○となり、赤と黄の電球が点滅する。

そして、各電球の点灯時間はポケコンのプログラムで自由に変更出来るようにした。

三つ目はポケコンで制御する入力装置と出力装置の学習用パネルを作った。入力装置として、音センサー、光センサー、タッチセンサー、赤外線センサーなどをコンパネ半分に取り付けた。

また、出力装置として、四個のＬＥＤ、ＬＥＤの信号、豆電球の点滅、ＤＣモーター、ステッピングモーターをコンパネ半分に取り付けて学習用にスタンド式とした。

いずれも、ベーシック言語のＰＥＥＫ、ＰＯＫＥ、またはＣ言語のｉｎｐｏｒｔ、ｏｕｔｐｏｒｔで信号を入出力させ、制御するようにした。

「総合実習」「課題研究」は一年と二年時に教室や実習で学んだ知識

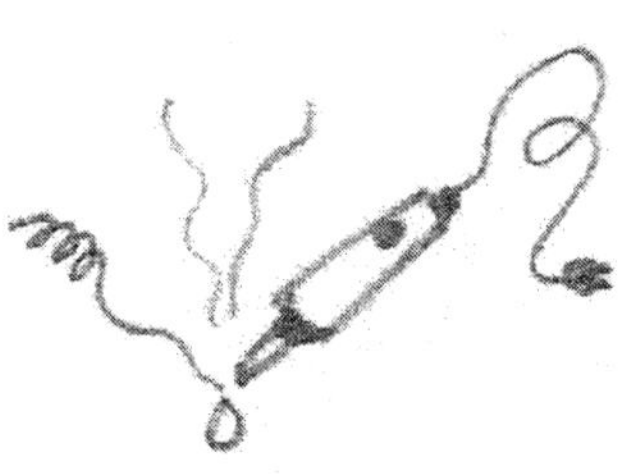

を使い、専科の先生が生徒と共にアイディアを出し合い、三年生が一年間で研究したり、物を制作したりする科目で、大学の卒業論文のような取り組みであった。

物作りは完成させることで、生徒に大きな喜びを与えなければならないとの思いで、力を注いだ授業であった。

特に、人を乗せて動く物を作ることの難しさを実感した。しかし、完成した時の喜びや感動は忘れることが出来ない。

課題研究の発表会は三年生が登校する最後の二月初旬に二年生と三年生を対象に体育館で行われた。パソコンのスライドショーなどを使って、発表し、動かしたり、走行するなど実演していた。

発表後は生徒たちと食事をしながら反省会をしたことも、楽しい思い出として記憶に残っている。

○多部制新設と全日制廃止の打診、職員会議規定

新任の頃、各種の会議や校務運営委員会、職員会議などで徹底した議論をして、多数決で物事を決めるという民主主義の基本の重要性を教えられた。

その後の教育活動でも、十分に審議して、最終的に多数決で物事をすすめることが普通であると考えて実践したり、体験してきた。

ところが、私が定年退職する数年前の校務運営委員会で「全日制工業学科を多部制工業学科にする」ことを県から打診されている。「市内に全日制の工業高校は二校あるが、一校でよい。この学校は多部制にするべきだ」と提案され、多部制について説明された。

これに対して、「近隣の多くの企業から、全日制工業高校の生徒の求人は沢山ある。企業数や求人数から考えても、市内に二校の全日制工業高校は必要である」と反対意見を述べ、多部制の問題点を質問した。多くの先生からも質問や反対意見がいろいろな観点から発言され、校長や教頭と大激論になった。

そして、議論が尽くされていないのに、突然、校長が途中で「いろいろ意見があると思うが、県の打診通りでやらせてもらいます」と言って、審議を打ち切り採決も取らず、愕然とさせられた。

その後、学校にとっては大きな問題であるが、職員会議で審議もせず、報告をしただけであった。

この直後に着任した校長が全日制を残す為、私たちに意見を求めたり、いろいろな方法で県に働きかけたことから、全日制工業学科八学級が五学級で残り、多部制が併設された。五学級になっても、産業界からの求人数も多く、卒業生たちは各方面で活躍していると聞き、大変嬉しく思っている。

その頃、いろいろな経過を経て、いわゆる職員会議規定が学校教育法の「改正省令」が平成十二年から施行された。その内容は「職員会議は校長の職務の円滑な執行を補助するものとして位置付けられるもの」である。

このことで校務運営委員会や職員会議で、民主主義の基本である「十分に審議し、多数決を尊重して物事をすすめること」が少なくなっていった。

また、多くの校長のもとで、教育に携わり、激論することもあったが、校長の裁量権もだんだん少なくなっていったように思えた。

最近、国や県など上からの指示が強まり、職員会議も伝達の為の会議として定着していると聞く。

生徒たちに民主主義の基本を教える学校現場がこのような状況でよいのかと「警鐘を乱

打したい」と思う。

○ロボットコンテスト

高専のロボット大会は、テレビで毎年放映されている為、全国の関係者や関心のある人は見ていると思う。

高校生の大会も、多くの人に関心を持ってもらうように、広報活動を強めて欲しいと願っている。

ロボットコンテストや物づくり大会は、私が現職の時から実施されていた。転勤した学校ではロボットコンテストや物づくり大会参加を目指し、担当の先生が熱心に指導して、生徒を連れて参加し、優秀な成績を納めたりしていた。

福祉技術コンテストは現在七回目とのことで、その情報はパソコンやスマホで検索して知る程度であるが、多くの工業高校が出場している。多くの人に関心を持って欲しいものである。

また、工業技術者用の技能五輪大会、技能五輪国際大会、若年者物づくり競技大会、技能グランプリなどが開かれている。

最初の学校で担任した卒業生が大企業に入社して、卒業後数年して、技能五輪大会で優秀な成績を納めた記憶が強く残っている。

このような大会を目指し、工業技術者が頑張り、各企業がそれに参加出来る環境を整えることも技術を高める上では大切なことである。

大会に参加して、優秀な成績を納めることだけでなく、地道に日々、頑張っている人たちが安心して働けるようにすることも、重要であることは言うまでもない。

このような取り組みが土台となり、日本の技術が向上し、発展していくと確信している。関係者は勿論、多くの企業が関心を持ち、工業高校の卒業生を採用し、鍛えて頂きたいと願っている。

○産業界を支える卒業生たち

私は十五年間担任をしたが、二年前に二回目に担任した卒業生の還暦同窓会に呼ばれた。そこで、生の声として卒業生から聞いた近況を紹介する。

その同窓会で幹事をしていた一人は大学に進学しなかったが、有名な会社の取締役工場長であり、出世頭である。

また、ある卒業生は父親から譲り受けた時は小さな町工場であった。その工場を約百三十人の従業員に増やし、海外にも工場を持ち「還暦になった今が充実して仕事も出来るし最高に楽しい、これからより一層頑張る」と近況報告をしていた。

その彼が私の席に来て、先生に「会社を継ぐのであれば大学に進学するべきだ」と強く勧められた。大学でいろんなことを学び、今に生かされていると話をした。当時、工業高校から進学する生徒はあまり多くない時代であったが、彼には強く進学を勧めたことを私もよく覚えている。

多分に彼のお世辞が入っているが、教師冥利に尽きる思いで元気をもらった一日だった。

また、ある企業で高い技術を駆使して、精密な金型を制作していると言った卒業生もいた。

そして、各企業で技術の伝承者として頑張っている卒業生が多数いることを知った。

更に、身近な例を少し紹介する。

私が若い頃から、お世話になっているモータースがあり、そこの息子は教え子であり、今は社長である。

彼は専門学校に進学し、整備士の免許を取得し、間もなくして、民間車検の資格も取得し、会社を大きくした。

彼の同級生で親友も民間車検の資格を取り、技術担当の主任として一緒に働き、後輩を雇うなどして、従業員も増やしてきた。

丁寧な接客と、確かな技術で、人気もあり、忙しく、充実した日々を送っている。

また、最近、築五十年の自宅のリフォームを有名な大きな会社に依頼した。

そこの技術者が自宅に来た。最初、お互いに外見が変わっている為、気づかなかったが、話しているうちに気づき、大変驚いた。

彼は機械科の生徒で、担任していた隣のクラスで印象に残っていた。立派な技術者になっ

ていた。

これらは、最近、私が見聞きした一部の例である。

高度経済成長時代に中堅技術者として、活躍した工業高校生が重要な役割を担い、その使命を果たしてきた。そして、日本の産業界で技術を高めることに貢献してきたし、今も、重要な役割を果たしている。


退職前の五年間、進路指導部長だった時に会社の人事部長から、卒業生の活躍などをよく聞いていた。また、工業枠の大学推薦拡大を目指し、大学説明会や大学に直接足を運んだり奔走した。

そして、進学担当の先生が、夏休みに進路指導室で国公立大学を推薦入試受験する生徒を指導し、毎年数名の生徒を合格させていた。

その生徒たちが大学卒業後、工業界で活躍していることを聞き、大変嬉しく思っている。

私が担任をしていた昭和四十年代や五十年代にも大学に進学する生徒や、授業で教えた生徒の中にも国立大学や有名私立大学に進学した生徒もいた。

工業高校に入学してから飛躍的に成績が良くなる生徒も沢山いた。いわゆる大器晩成の生徒たちである。

その卒業生たちの中に工業教員免許を取得し、工業高校で勤務し、後輩たちを指導している人もいる。私と一緒に勤務した人も何人かいる。

工業高校で学ぶ生徒にとっては頼もしい先輩であり、先生である。

彼らが次世代の日本の技術者を育て、技術の伝承者として、産業界を支えていく大きな役割を果たさなければならないし、大きな使命を担っている。

このようなことを「工業高校の現状」のタイトルで、全県の進路指導部長会や地元の多くの企業の代表者対象に講演したことも記憶に残っている。


工業高校には多様な経歴の教師がいる。普通高校から大学や大学院の工学部や教育学部で工業教員免許を取得した人、工業高校から大学の工学部に進学したり、働きながら夜間の大学の工学部に進学して工業教員免許を取得した人、民間の企業で働いた経験があり、教員免許に必要な講習会などで工業教員免許を取得した人などである。

このように多様な教師たちが協力し合い、特徴を生かして工業高校の生徒を指導している。生徒たちはそれぞれの教師から、いろいろなことを学んで欲しいと願っている。

○大阪万博、オリンピック、工業技術者

病室でテレビを見ていると万博の大阪開催が決定した。

二〇二〇年には東京でオリンピック・パラリンピックが開催される。かつての高度経済成長時代のように日本の企業も発展し、工業高校生の需要が高まり、卒業生たちの中堅技術者としての使命も強まるであろう。

また、外国人労働者が増加し、カジノも出来、いろんな問題が予想され、新たな問題も出てくると思われる。

兼業農家の長男として、稲作りや野菜作りに携わってきた。

多くの農家が減反政策に振り回され、農業への意欲も薄れている。農業に従事する若い人たちが展望が持てるような政策が求められている。

これは林業や水産業などでも同じことが言えると思う。目先の華やかなことだけに目を向けるのではなく、第一次産業、第二次産業、第三次産業のすべての発展、向上が求めら

れている。

海外に利益を持っていかれ、日本国民の貧富の差が大きくなり、オリンピックや万博が終わってみれば、国の借金のみが残ったということにならないようにして欲しいものである。

○外国人労働者の増加

外国人労働者受け入れ拡大により、今後、外国人労働者が増加するであろう。外国人労働者が増加しても、工業高校生の役割の大きさは変わらないと思う。

技術大国日本で利潤追求だけでなく、働く人々の権利を保障し、働く人が安心して働けるようにするために、正規の社員を増やし、派遣労働者を正規労働者にしていくことが重要であると思う。

昭和四十年代のように、愛社精神を身につけさせる為には、正規社員を増やし、終身雇用を約束し「これが私の会社だ」と言えるような環境を作っていくことが必要である。そのような環境の中でこそ、働く人がアイディアを出し合い新しい技術を生み出していくと思う。

このことは教育界でも同じである。先生を数年毎に転勤させたり、臨時の先生を沢山増やすのではなく、正規の先生を増やし、落ち着いて一つの学校で教育活動に専念し「これが私の学校だ」と言える先生を増やすことが教育の充実になると思う。

今後、外国人労働者や、派遣労働者を増やし、利用して、工業高校卒業生や障害者が追いやられることがないようにすることが経営者や政治家に課せられていると思う。

また、健常者と同じように障害者や弱い立場の人々が幸せになり、豊かな生活が出来る為の方策を経営者や政治家が真剣に考え、実行して欲しいと強く願っている。

○螺旋的に変化発展

「すべてのものは螺旋状に変化する」「手の平を返したように、コロッと変わるのでなく、少しずつ変化する」と思う。

その人を取り巻く環境や年齢や経験と本人の努力により変化、発展する。

多数の生徒、卒業生、多くの人に接し、いろいろなことを見聞きし、体験する中で、「人間だけでなく、すべての物や現象も変化し発展する」と思う。

しかし、すべての物や現象が良くなるのではなく、逆行することもある。

だから「逆行を許さず、良くする為に、努力しなければならない。そして、頑張っている人たちに理解を示し、応援していくこと」が求められている。

いろいろな制度が改善され、技術が発展し、サービスなども向上し、子供、高齢者、障害者、健常者の生活が少しずつでも良くなり、幸せな生活が送れるようになって欲しいと強く願っている。

あとがき

本書を読み返すと独り善がりと思える部分もあると思う。

そして、がんの発見が遅れ多くの知人友人が亡くなっており、「がんの早期発見」の大切さを今更のように思う。

第六章は願望が多く、第七章は自己主張が少し強くなっている。そして、自分の実践を中心に記しているが、その他のことにも多少触れている。

技術大国日本の土台を支える工業高校の充実への期待と卒業生の活躍を多くの人に知って頂きたい。

大学でお世話になった先生が九十歳過ぎても、論文を書き、年賀状も出していたことに対して、たゆまぬ研究心の旺盛さに驚かされ「いつまでも自己研鑽の大切さ」を言われたことに対し、元気を頂いた。本書を書く遠因になっていると思う。

今後は「一期一会」を心がけ、いつまでも自己研鑽を目指し、過ごしていきたい。

七十歳を過ぎて、いろいろな病気にみまわれたが「手遅れになる直前の発見、治療」により、仕事などは半人前であるが、口は一人前で、何とか普通の生活をしている。病院、学校、地域の沢山の皆様にお世話になり、ご心配頂き有難く思っている。

また、多数の人のことを取り上げて記載している。関係者の皆様にご理解して頂きたいと願っている。

そして、書店で本書を見つけて、読んで頂いた読者の方々に感謝し、少しでも参考になれば嬉しい。

最後に本書出版にあたり佐藤編集長と関係の皆様に深謝したい。

【著者紹介】

萩原　登（はぎわら　のぼる）

昭和17年2月9日生
昭和39年　奈良学芸大学（現、奈良教育大学）卒業
昭和39年　兵庫県立相生産業高等学校教諭
昭和63年　兵庫県立飾磨工業高等学校に転勤
平成14年　兵庫県立飾磨工業高等学校を定年退職

著書

『パソコンによる機械設計基礎演習』（パワー社）昭和59年
『パソコンによる物理基礎演習』共著（パワー社）昭和60年
『パソコンによる品質管理』共著（パワー社）平成元年

がん、心臓手術と終活　〜一級障害者になって〜
（しんぞうしゅじゅつ　しゅうかつ）　　（いっきゅうしょうがいしゃ）

2019年5月12日　第1刷発行

著　者 ── 萩原　登
　　　　　（はぎわら　のぼる）

発行者 ── 佐藤　聡

発行所 ── 株式会社 郁朋社
　　　　　　　　　　　（いくほうしゃ）

〒101-0061　東京都千代田区神田三崎町 2-20-4
電　話　03（3234）8923（代表）
ＦＡＸ　03（3234）3948
振　替　00160-5-100328

印刷・製本 ── 日本ハイコム株式会社

落丁、乱丁本はお取り替え致します。

郁朋社ホームページアドレス　http://www.ikuhousha.com
この本に関するご意見・ご感想をメールでお寄せいただく際は、
comment@ikuhousha.com　までお願い致します。